魔法使ひ

堀川アサコ

講談社

目次

魔法使ひ

第一話　恋がたき

1

「健吾(けんご)さん、どうなるの？」

「きっと、殺されてしまうびょん」

「助けられないの？」

六月のほの暗い日本間に、二人の少女がひざをくずして向き合っていた。

姉のテフ子(ちょう)は天竺牡丹(ダリア)の模様の着物に、黒に金糸で格子を織り込んだ帯、妹のハナ子は、青の矢絣(やがすり)にえんじ色の帯をしめている。姉は長い髪を市松人形のように垂らし、妹は三つ編みに結っていた。

二人は双子で、今年の春に高等女学校を卒業した。

文字通り、蝶よ花よと育てられ、やはり文字通り、北の果ての青森で、鄙にも稀な美しい乙女に成長した。

ともに花嫁修業中という日々を送っているが、妹の内気さはともかく、姉娘の自由奔放なふるまいに、両親は以前から頭を悩ましている。

「あんた、健ちゃんば助けたいのが？」

「助けたい」当たり前ではないか。ハナ子は憤慨して答える。

「おとうさまに逆らっても？」

「……うん」

ハナ子は、ためらい、ためらい、うなずいた。

「だって、可哀想だでばし。あんなに――」

あんなに、男振りの良い人なのに。

恥じらって、ハナ子は言葉を呑み込む。

「どうやって助ける？　見つかれば、わたしだぢだって、どんな折檻されるがわがらないよ」

姉は脅すようにいった。いや、まるで子どもを試したり、騙したりするような口調だと、ハナ子は思った。テフ子はいつもそうなのだ。双子なのに、ハナ子を童子扱いする。

「おとうさまは、わたしだぢさ、そしたことしない」

「あんたは、おとうさまのお気に入り（めごこ）だから」

「……………」

「せば、あんたが助けでやればいいでばし」

姉妹の父親は、恐ろしい男だ。

青森の闇市を牛耳る、香具師（やし）の親分なのである。

家族の前ではいつも優しいけれど、姉妹はその本性を幼いときから、肝（きも）に銘じていた。江藤勝治（えとうかつじ）は、青森にその人ありと知られた暴れん坊だと。

半殺しにされて蔵に閉じ込められている健吾は、父の手先だった。盃（さかずき）は交わしていないから子分ではないが、江藤組の周囲をうろちょろして、おこぼれにあずかる使いっ走りだ。

つい一昨年、終戦まであと一ヵ月もなかった七月二十八日、青森の空襲で千人近い人が一夜で死んだ。戦地では、兵隊の命は爆弾一つの価値よりなかった。戦争は終わっても、その点では大して変わっていない。今さら、街のクズが一人殺されようと、だれも気にしやしない。

「おねえちゃんは、あの人が殺されでいいっていうのが？」

「別に、いいよ」

テフ子が、なんでもないことみたいにいった。

前に一度、遊び歩く姉を迎えに行ったとき、ハナ子は初めて健吾を見た。姉がその腕にぶら下がって歩いていた。恋人？　愛人？　情婦と情夫？　そんないやらしさが、二人を密着させていた。

いやな感じ。

健吾を見て最初に思ったのは、その一言だ。

姉の行状には、いまさら驚きもしないが、どうしてだかそのときは憎さがこみ上げた。

ところが、次の瞬間には、心の天地がだまし絵みたいにひっくり返った。

――やあ。きみ、ハナちゃんだべ？

健吾がそういって笑いかけてきたのだ。

それで初めて、健吾が目の覚めるような美男子だと気がついた。小狡（こずる）く整った顔立ちが、どこか幼くて甘ったれて、でも二心のない無邪気な呼びかけだった。

ハナ子は、男性に「ハナちゃん」などと呼ばれたことがない。顔を見られて笑いかけられたことなど一度もない。男なんてものは、不格好で怖いだけなのだと思っていた。両親が選んだ花婿と結婚するまでは、男なんかには近づくまい、話もするまいと思っていた。

でも、健吾はハナ子が恐れてきたような男ではなかった。

ハナ子は胸の奥が苦しくなった。いたずらに、風呂場で自分の乳首を指でつまんでみたときに似た、淡くてもどかしい快感が、身の内に起こった。

そんな自分のはしたなさに驚いて顔を上げたとき、姉の笑い顔が目に飛び込んできた。

胸の内を読まれたと思った。

顔が真っ赤になった。

姉を迎えに来たというのに、「早く帰って来い」ともいえぬまま、その場から逃げた。

その夜も翌朝も、姉の顔が見られなかった。ハナ子と同じその顔でそのからだで、姉はあの美しい男と卑猥（ひわい）なことをした。

卑猥なこと。そう思っただけで、腿（もも）の付け根が熱くなってしびれた。そんなからだの変化に、ハナ子はうろたえた。純潔を失ったような気がした。いかにも、その時点でハナ子の心は純潔ではなくなっていた。ハナ子は、身も心も、あの男のものになっていたのだ。

——あの人ねえ、健ちゃんっていうんだよ。月永健吾。

——だから？

——あんたが、健ちゃんのことを好きだと思ってさ。

ハナ子は姉の顔に圧倒的な優越感を読み取った。

また、顔がカッと熱くなる。姉のからかうような表情に、はらわたまで熱くなった。

同時に、健吾への思いはつのった。

——やあ。きみ、ハナちゃんだべ？

——やあ。きみ、ハナちゃんだべ？

——やあ。きみ、ハナちゃんだべ？

軽やかな声、無邪気な笑顔、細くて筋肉質のからだつき。全てが好きだった。無垢だった胸の内は健吾のことでいっぱいになった。姉と健吾がからだでつながっていると考えても、ハナ子はだんだんと平気になった。姉にとって健吾は、たくさん居る男ともだちの中の一人にすぎないのだ。しかし、ハナ子にとって、あの人はおとうさまよりも大切な男だ。

そんな自信は、処女の詭弁の産物かもしれない。確かに、処女であることに、ハナ子は計り知れない劣等感を覚えたが、同じほどの自信をもたらした。おねえちゃんのからだと、わたしの操とでは、価値がまったくちがう。顔も姿も同じ双子なのだから、純潔なわたしの方が、絶対に有利だ。

なんとかしてもう一度会おう。なんとかして、あの人をわたしのものにしよう。

もはや、ハナ子は健吾の話をされても顔を赤らめなくなった。

健吾と会う算段をめぐらせていた矢先、事件が起きた。

健吾が父の江藤勝治の怒りを買って、捕らえられた。

そして痛めつけられ、殺されかけている。

「助けられるはずがない。おとうさまに睨まれたら、もうおしまいさ」

テフ子がなげやりにいった。

所詮、阿婆擦れの覚悟などその程度だろう。

だけど、わたしはちがう。

あの人のためなら、親にだって逆らう。

あの人を助けるためなら、人だって殺してみせる。

「ああ……」

つい、嘆声が出た。

心には危険な炎が燃え盛っているのに、ハナ子はまだ、健吾のために指一本動かせずにいる。そのもどかしさを見抜いたのか、姉の顔に笑いが浮かんだ。思惑が読めない、気味の悪い笑いだ。テフ子はその笑った視線でハナ子をとらえたまま、ひそひそ話をするような声でいった。

「魔法使ひってのが、居るらしいよ」

「魔法使ひ？　おねえちゃん、ふざげでるの？」

子どもだましみたいなことをいわれて、ハナ子は腹を立てる。

「ふん」

テフ子は、シュッと伸ばした手でハナ子の手首をつかんだ。肉のうすい手首に、細い指が食い込む。姉の腹に、何か思惑がある。それが穏当とはいいがたいものだと、ハナ子は気付いた。受けて立つ気とくじける気持ちが、同時にわいた。

「何でも持って来てくれる、魔術師みたいな担ぎ屋なんだって。お金さえ払えば、ダイヤモンドでも、人間の死体でも持ってくるんだってさ。その人、魔法を使うのさ」

ダイヤモンド？　人間の死体？　魔法？

それらの言葉を、ハナ子は口の中で反復した。

法螺だろうか？　しかし、テフ子の顔は真剣だ。さっきまでの皮肉さも、投げやりな感じも消えて、目が据わっている。まるで、あらめん（初対面）のアイツキ（付き合い）で口上を切るときの香具師みたいな緊張がうかがえた。

あらめんの口上は、香具師にとっては真剣勝負と等しい。

いかにも、テフ子は今、香具師の口上と同じことを妹に仕掛けている。そうとわかって、ハナ子もまた緊張した。姉のいうのが、本当のことだと実感したのだ。

しかし、姉が切り札のように持ち出したのが、担ぎ屋とは。いささか、拍子抜けする。

「担ぎ屋だのに、魔法使ひなの？」

担ぎ屋とは、闇の物資の運び人だ。

背負い闇屋ともいった。

方便を持たない復員兵などが、ほかにどうしようもなく就くような仕事である。そんな頼りない者が、魔法使ひなんて、まるで百人力みたいないわれ方をするとは、わけがわからない。その魔法で、健吾のことも助けられるとでもいうのか？

「本当だの？」

「さて、どうなんだべの」

姉の顔から真剣味が消えた。

元の冷笑的な表情にもどり、ハナ子の手首を気に入らない玩具のように放り出す。

ハナ子は、気の強い姉の後を追いかけていた、幼いころの自分を思い出した。おとなしくて、行儀が良くて、泣き虫で、両親の庇護(ひご)を当然のように受け止め、決して脱線しないハナ子。それと正反対に父の怒りを買い、何度も頬を張られてもなお従順になれない姉は、今、こちらになにかを仕掛けている。ハナ子を陥れようとしている。

父の怒りを買った健吾を助ける覚悟がないから、それを妹に担わせようとしている。

あるいは、もっとほかに怖いことでもひそんでいるのか。

その、死体でも持ってくるという魔法使ひとやらが怖いのか。

上等だ。

ハナ子の顔にもまた、あらめんの口上を唱える香具師の厳しさがあらわれた。

さっそくにおひかえくださって、ありがとうござんす。あげます言葉前後まちがいましたらごめんなさい。手前生国(しょうこく)と発しやすれば東津軽(ひがしつがる)にござんす——。

てなもんだ。

「その魔法使ひなら、健吾さんを助けてくれるのね？」

「たぶんね」

テフ子は、自分の爪にマニキュアを塗り始める。

「魔法使ひに仕事を頼むときは、必ずお金を払わないといけないんだと。そうしねえば、値段以上のものを取られるんだと」

お金で健吾が助かるのならば、盗んでても助けてみせる。

「悪魔なんだがも、しれないよ。んだね、きっと、悪魔だのさ」

テフ子は妹の方を見ずに、そういった。姉が視線を合わせられないのは、どうしてだろう。ハナ子を畏怖している――はずはない。テフ子はハナ子を舐め切っているのだから。だけど、本当にそうだろうか？　阿婆擦れは処女を見下すだろうか？

＊

「蔵の人に、朝ごはんを持っていくんでしょう。だったら、わたしが――」

女中のツネさんにいうと、もう何十年もこの家で働いている忠義者のツネさんは、ちょっと困った顔をした。

「したけど、ハナ子さん、相手はならず者ですよ。もしもまちがいが起きたら、ツネは腹を切らねば駄目ごさ」

「なんも、心配せしな」

同じやり取りを、蔵の前でも繰り返した。

江藤の家は、本町の一等地に三百坪の敷地を持つ大きな構えで、母屋と離れがあり、北側の道路に面して、大蔵と中蔵が並んでいる。大蔵には古道具やら勝治の趣味の甲冑だの書画骨董だの刀剣だのがおさめられているが、中蔵はいつもからっぽだ。

そこは、人間を入れる牢屋だった。

ドジを踏んだ子分や、礼儀を欠いた旅人がたまにここに押し込められ、それから赦されるのか、殺されるのか、ハナ子は考えたこともなかった。おとうさまがすることに間違いはない。たとえ間違いがあっても、ハナ子の意見が及ぶところではない。けれど、今、蔵の中に居るのは、父より大切な人なのだ。だから、ハナ子は聞き分けのよい娘ではいられない。湿った苔を踏んで、蔵に近づいた。生まれて初めて、父に逆らうのだ。胸の中で心臓が躍った。

見張りに立つ強面の男にぺこりと頭を下げる。父勝治の子分だ。

「中さ入れでちょうだい。ごはんば、持ってきたの」

「お嬢さんが、来るどごろでねえごすよ。ツネはどうせした」

子分はせいいっぱい猫なで声を出しているけど、猪首で寸胴で、相撲取りみたいに強そうな男だ。ハナ子は握り飯を載せた皿が、かたかた震えるのを覚えた。

「ツネさんのことは叱らないで。わたし、おねえちゃんに頼まれたの」

「ああ」

子分は、いやそうな顔で苦笑した。蔵の中に居る優男が、テフ子の愛人だと承知しているようだ。ハナ子自身もいやな気持ちになる。ここで姉の名を出さねばならないことが、口惜しいのだ。

「ねえ、お願いします。竹夫さん」

相手の目をのぞき込んで、名を呼んでやった。乱暴者だが気の良い竹夫が、親分の娘にすげなくできないことは知っていた。

＊

月永健吾のありさまに、ハナ子はうろたえ、涙をこぼしそうになった。

まぶたは切れて血を流し、形の良いはずの頰も、綿を含んでいるみたいに腫れて青や紫のあざができている。脚も腰もたたないのだろう、路傍の犬猫の死体みたいに〝く〟の字にひしゃげて転がっていた。垂れ流した小便が、床にたまっている。

うす暗がりの中で、健吾は女みたいな細い声で歌のようなものを口ずさんでいた。

「じゅうごや……おつきさん……ご、きげんさん……」

「健吾さん」名を呼ぶと歌はやんだ。

汗なのか血なのか、ぐっしょりと濡れた頭が動いて、健吾がこちらを見た。片目は腫れのせいでほとんどふさがっていたし、もう片方の目は絶望で濁っていた。食われるのを待つ、弱った動物みたいな目だ。

女中や子分が心配するまでもない。たとえ頼んだって、健吾には親分の娘に悪さをしたり、捕らえて人質にするなんて力も気力も残っていなかった。

わたしの恋焦がれた人が、こんな姿になって死を待っている。ハナ子は痛ましさのあまり、差し入れの皿を落としそうになった。

だけど不思議と、手を下した父への怒りはわかなかった。目の前の悲劇は、ハナ子のあずかり知らぬ男たちの稼業の内で起こったことだ。女の自分が思うことは、ただ――。

「あなたば、助けたいんです」

肩を抱え上げてやりたいが、気後れする。血だとか、垂れた小便だとかで、こっちの着物が汚れそうだ。今の健吾に触れるのは、はだかの彼を抱くより、もっと生々しい感じがする。こんなときだというのに、ハナ子は照れた。だから、健吾には触れることができなかった。それで、相手の耳に口を近付けて早口にいった。

「どうすれば、助けられる？」

「…………」

濁った目に光がもどるのを確かに見た。顔色もくちびるの色もどす黒く、すっかりひどくなっているのに、この男はいよいよ美しく見えた。

「安保(あぼ)……俊作(しゅんさく)」

「それは、だれ？」

「おれの親友(けやぐ)だ」

「どこに居るの？」

「古川(ふるかわ)の赤線……暁烏(あけがらす)」

「わかったわ」

ハナ子は東京弁のような発音で頼もしく答えると、すぐに立ち上がった。

本当は、持ってきた握り飯を手ずから食べさせてやりたかったけれど、ぐずぐずしてなんかいられない。健吾の命の期限は迫っているのだ。

絶対に助ける。

そう決めたとき、父に逆らう怖さも、姉への劣等感も消えた。この瞬間、月永健吾は、ハナ子の男になった。

2

赤線というのは、売春地帯のことである。

GHQ（連合国総司令部）が売春の取り締まりを決めたのは去年の正月のことで、それでも地上から娼妓とその客が消えるわけもなく、便宜的に特殊喫茶店として生き残った。

特殊喫茶店といわれても、暁鳥は旅館の体をなしている。玄関の戸を入ると、すぐにホールになっていた。その奥に階段があって、土足のまま上がった。下足は、二階の各部屋に上がってから脱ぐのである。

江藤家に出入りする荒くれた弟分や子分たち、それに父の勝治だって馴染みの場所だろうが、ハナ子が足を踏み入れるのには、ちょっとどころか、地獄の釜に飛び込むくらいの度胸が要った。

訪ねた先の安保俊作なる人物が、娼妓と一戦交えてる最中ならばどうしよう。

そう案じて行ったが、安保は梅雨の風が吹き込む出窓の窓際に座って、カストリ雑誌を読んでいた。

女がするような、金のネックレスをしている。柄シャツに幅の広いズボンをはいて、頭はＧＩ（アメリカ兵）みたいに格好よく刈り込んでいた。男振りは、顔の肌がぼつぼつして、目鼻立ちも凡庸でアンバランスで、とてもじゃないが健吾には及ばない。それでもいっぱし二枚目らしく振る舞って、ハナ子のような振袖姿の令嬢が、このような場所を訪ねて来たことに大仰に目を白黒してみせた。

ハナ子はこの瞬間、自分がとてつもない馬鹿をやらかしているような気がした。だから、健吾の可哀想なありさまを、強いて思いおこした。自分では動こうとしない姉の狡さを――臆病さを思いおこした。ハナ子以外に、健吾を助けられる人間など居はしないのだ。

震えるのは、心の内側だけでいい。

陽（ひ）に灼（や）けた畳の上の、寝乱れた布団（ふとん）を、ハナ子は視界から締め出した。

「わたし、江藤勝治の娘ですの」

「テフ子さんの妹だべ」

安保は残念そうな声を上げる。彼はハナ子の顔を見ただけで正体を察し、訪問の理由も理解したみたいだった。

「健吾はともだちだけど、おれには助けらいねえ。あんただって、お父さんのすることだもの、わがるべ」

「わかりませんわ、何もかも」

ハナ子はまなじりをきつくする。

「ともだちというのなら――」

はらわたが煮えくり返った。健吾の受難のさなかに、こんな歓楽街でのんきにしている場合か。「助けらいねえ」なんて、いっている場合か。殴りつけたいのをこらえて、言葉を放つ。とっておきの、爆弾だ。

「魔法使ひってご存じ?」

「魔法使ひ――だってな」

安保は、高い声をあげた。知っているようだ。しかし、顔付きはしぶかった。

「やめどげ。お嬢さんのかかわるんた相手でねえ」

「どこに行けば、会えます」

「おれは、知らねえ」

この男は健吾のことを案じていないのか。ハナ子は癇癪(かんしゃく)を起こしそうだった。

「健吾さんが、あなたに会うようにいったのよ。こちらの気が済むまでは、引き下がらなくてよ」

「まいったな」

「そもそも、健吾さんに何があったんですの？」

「はあ」

安保は八つ当たりでカストリ雑誌を畳に投げつける。雑誌が仰々しい音をたてたので、ハナ子は思わずすくみ上った。

手に持った巾着が落ちて、中からコムパクトが転がり出た。

銀の透かし彫りがされた、舶来ものである。

「健吾のやつ、江藤の親分に認めてもらうんだって、喜んでだのにや。……あの笑った顔が忘れらいねえじゃ。可哀想によ」

安保は健吾のことを、もう死んでしまった人みたいにいう。

「いいから、何があったのか、教えて」

「そったに聞きてえんだば、知かせるけどよ」

闇市の一杯飲み屋でカストリ焼酎をなめながら、健吾が安保に自慢したのは、先週のことである。

──東京の闇ブローカーが、江藤の親分さ渡りをつけでけろってしゃべるんずや。自分の名前ば出さないで、親分と取引をしたいんだと。

──なんだが、怪しぐねえな？

──いや、話ば聞いてみれば、なるほどと思うんだね。

その闇ブローカーは、かつて江藤勝治とささいな衝突があった。だから、今回の取引も、自分だとわかれば断られてしまうだろう。しかし、商売を成立させた後で名を明かして、過去のことは水に流してもらうつもりだという。

闇ブローカーは、自分の名を健吾にも明かさなかったらしい。偽名を使えば済むところを、そうしなかったことで、健吾は彼を信用したという。

──取引は、おれさ一任するってや。

健吾は上機嫌だった。

「どんな取引だったんですの？」

「小麦粉──一袋が二十五キロだが──三百袋ば十万円で売るっつうのさ」

闇で売れば、儲け（もう）はその十倍、百倍になる。

「健吾は、さっそく江藤の親分にその話を持っていった。親分は喜んで話に乗ったらしい」

父の勝治は、商売熱心な愛嬌ものだ。大喜びで健吾の手柄をほめるさまが目に浮かんだ。

しかし、取引は円満には終わらなかった。

「いざ金を払って袋を開けてみだら、それが石灰に変わってだのや。学校の校庭さ白い線ば引くべ。あの白い粉や」

父は、ハメられたのだ。

だが、肝心の闇ブローカーは、名前すらわからない。

粗悪品を高級品に見せたり、偽物を本物と思いこませるなどは、香具師の独壇場だ。その親分がガセ（ニセ）をつかまされたとあっては、その胸中は察してあまりある。一瞬、大事な健吾のことも忘れて、父が可哀想になった。

「話は、そこで終わらねえんずや。その闇ブローカーは、葉村の親分さも同じ取引を持ちかけでいだんず。そして、そっちの方はちゃんとした小麦粉だった。葉村の親分は、たいした喜んだって話や」

「葉村の伯父さまと……」

葉村龍造は、江藤勝治の兄貴分である。

自分の取り分の小麦粉が、狡い手口で兄貴分に渡った。

江藤は騙されて損をしただけではなく、次の手も封じられた。葉村の機嫌をとった闇ブローカーに、落とし前をつけさせるわけにはいかないからだ。

取引の立役者になるはずだった健吾が、勝治の怒りを一人でかぶった。

「健吾は無事だのな」

「無事なんかじゃ……ありませんわ」

そう口に出したら、気持ちがくじけそうになった。

健吾が頼みの綱として名を告げた安保俊作だが、この男は助けてくれそうにもない。たとえ、力を貸してくれたところで、安保には荷が重すぎるようだ。

魔法でも使わないことには。

「お願い。やっぱり、魔法使ひのこと、教えてくださらない？」

「そったらヤベエやつのこと、どこで聞いてきたんずや」

安保はシャツの上から、ガリガリと腕を掻いた。

身をかがめた拍子に、金のネックレスに日光が反射した。

「魔法使ひより、葉村の親分に頼んでみだらどうだ」

「駄目よ」

確かに、江藤勝治は、兄貴分の葉村龍造には頭が上がらないが、今回の騒動では葉村もまた敵の手駒だ。これにいさめられたのでは、ますます父のメンツが立たない。

「せば、葉村の隠居あたりさ、仲裁ば頼まなが」

「ご隠居さまに？」

ハナ子は、切れ長の目をぱちぱちとまたたかせた。

「一人でこったらどごろさまで来る度胸があるんだば、大親分にだって会いに行げるべや」

安保がおだてるようにいったとき、建て付けの悪いドアが、蹴飛ばされて開いた。きつくパーマネントを当てた髪に赤いネッカチーフを巻いた女が、挑むような顔をして現れる。街娼(パンパン)と呼ばれる売春婦である。

「あんた、だれ」

安保とは馴染みのようだった。どうやらハナ子は情夫に手を出したと思われ、威嚇されているみたいだ。あるいは、ハナ子の場違いな振袖姿に、敵意を抱(いだ)いたものか。

ハナ子は安保とその敵娼(あいかた)にあいまいな会釈をして、逃げるようにして暁烏を後にした。

*

葉村の隠居は、虹の湖の中の島に別荘を建てて住んでいる。青森ばかりではなく、弘前と八戸にも勢力のある葉村一家は、戦前から江藤とは一格も二格もちがう、大所帯である。

汽車を乗り継いで尾上町まで行った。

駅のプラットホームで、大荷物を背負った復員服の男とすれ違った。疲れた中年男だ。復員兵だったらもっと若いのかもしれないが、ひどく老けて見える。そんなだから年齢などさだかではないけれど、稼業だけは一目で担ぎ屋とわかった。尾上で米を仕入れて、青森か弘前か、あるいは五所川原辺りにもどるのだろう。

似たような大荷物の男が、わざとではあるまいが、その担ぎ屋にぶつかった。

足元がもつれてよろめく。つかまろうと伸ばした手が宙を掻き、中年の担ぎ屋は転んだ。

背嚢が破れて、米が降った。

通行人は、無関心を装う者と、米を横取りする者とに分かれた。

「やめでけろ――返してけろ――」

垢で黒くなった顔をゆがませて、担ぎ屋はおろおろと米盗人たちの手をとめようとする。

ハナ子は気の毒に思いながらも、鳥のように米に群がる一団から早足で遠ざかった。あねさん被りでもんぺをはいた中年女性が（これも担ぎ屋のようだ。干し餅を風呂敷包みにして、これでもかと背負いこんでいる）同業者の失態には目もくれずに改札口を通って行った。駅員もまた、知らぬ存ぜぬだ。

「やめでけろ――返してけろ――」

ハナ子が振り返ったときには、こぼれた米は、すっかり拾われてしまっていた。しょぼくれた担ぎ屋は一人で起き上がり、なすすべもなくプラットホームに立ちつくす。

その哀号だけが、ハナ子の耳に残った。

担ぎ屋というのは、いかにもこうした非力な者、またときには、あの干し餅を担いだ小母さまみたいな逞しい連中なのだ。闇市で売る食糧を背負って、えっちらおっちら、ようよう食い扶持を稼いでいるのである。

ならば、魔法使ひと呼ばれる担ぎ屋とは、いったいいかなる者なのか。

（米や魚や干し餅なんかじゃなくて、ダイヤモンドや人間の死体なんかを運ぶ担ぎ屋って）

テフ子の謂いでは悪魔である、と。安保は、魔法使ひとかかわるより、こうして葉村の隠居にすがる方が、まだ穏当だという。

しかし、葉村の隠居に会うのはおっくうだった。父ですら頭が上がらない相手だ。それを、小娘の身でおとなうのには、健吾を助けたい一心がなければできることではなかった。梅雨時特有の湿った風に吹かれて、ハナ子はつい腕を抱えた。

隠居はずいぶんと女道楽をした人だと聞いている。のこのこ訪ねて行って、おかしな気を起こされたらどうしよう。うっすらとまとわり付く恐怖と嫌悪に、ハナ子は思わず身震いした。いかにも乙女の狭量さで、ハナ子は好いた人以外の男を恐れていた。会う前から自意識過剰というものかもしれないが、ともあれ老人に色目を使われるなどまっぴらだ。

垂れこめた空の色が、今のハナ子の心そのものだった。

尾上の駅からタクシーに乗った。座席に落ち着いてから、化粧を直そうとしてコムパクトを探し、失くしてしまったことに気付いた。

(あ。あのとき……)

安保に会いに行った暁鳥で、落としてしまったのを、いまさら思い出す。火急の今、惜しむほどの品ではないが、あのような場所に忘れ物をしてきたことが妙に気になった。敵意をむき出しにされたさっきの女などに、喜んで使われてしまうと思うと気分が悪い。

（また取りに行けばいい話だわ）

今日一日で、ずいぶんと度胸が付いたものだ。赤線に出入りするなど、もう何でもないことのように思える。どんどん深い穴に向かって落ちて行くような気がした。まるで明け方に見るいやな夢のようだ。健吾の災難も自分の冒険も、全てが夢だったら、どんなにいいだろう。

「ああ、電話してきたお嬢さんだねさ」

タクシーを降りると、湖のほとりの小屋で小柄な老人が待っていた。

南北に長い龍の形をした虹の湖の、胴体部分に中の島があり、必要に応じて湖畔から渡し舟が通っている。老人はその船頭だ。

島に着くと、菊に似た白い花が一面に咲く中に、野の道が通っていた。まるで西洋の小説に出てくるような小道だ。その先に、アイボリーの外壁をした西洋館が建っている。

まったくもって、現実離れした風景だった。

振り返れば、虹の湖の湖面が波立っている。好んで聴く、『沈める寺』の運命的なピアノの旋律が、耳の奥によみがえった。ハナ子の矢絣の長い袖が、青い炎のようにはためいた。

「おお、勝治の娘が。よく来たなあ、よく来たじゃ、よく来たじゃ」

ハナ子を迎えた隠居は、津軽人らしい愛嬌で、大げさなくらい喜色を見せた。小柄で頭がつるりと禿げて、てるてる坊主のような老人だ。

「さあ、あがれ。美味しいお菓子コがあるぞ」

隠居は、幼い子を招くように、ハナ子の手をとった。年齢は七十だろうか八十だろうか。べっこうの眼鏡の奥で笑う目は、人が好さそうに見える。ここに来る前、隠居が色呆けしてはいまいかと案じたことが、急におかしくなった。まったく、案ずるより産むがやすしだ。

通されたのは暖炉のある洋間で、初老の女中が紅茶を運んでくる。隠居自身の和装のほかは、何から何まで西洋式だった。こんなハイカラな部屋は、ハナ子は初めて見た。

「戦時中だば、非国民って呼ばれるどごろだべが。だけど、われは西洋への憧れづうものが、童子のころからあってよ。親父さ留学させでけろって頼んだもんだねな。ぶッ叱られで、縁側がらただき落とされでよ」

隠居はけたけた笑い、それから探るようにハナ子を見る。

「こした話ば聞ぐに来たわげでもねえべ」

「実は――」

ハナ子は安保から聞いた一部始終を話し、現実に殺されかけている健吾のことを告げた。

「さては、ハナ子はその若者(わげもの)に、ホの字が？」

「そしたこと……」

ハナ子は、目をななめに伏せた。

「ご隠居さま、どうか父ばとりなしてくれませんでしょうか」

「われの倅(せがれ)さ、小麦粉ば勝治さゆずらせろってな」

「いいえ、とんでもない。ただ、父に人殺しなんて乱暴なことをしないように、おっしゃっていただきたいのです。――だって、たかが、小麦粉のことじゃありませんか。ご隠居さまは、えらい方です。ご隠居さまがお命じになったら、きっと父だって――」

「いうこと聞くってが？　せば、あんただば、われのいうこと聞ぐな？」

「もちろんです」

ハナ子は本心からうなずいた。それは父勝治とて同じだと、少しも疑わなかった。

「しかしな、ハナ子や。勝治は、十七、八の娘でねえぞ。れっきとした香具師の親分だ。たとえ、伯父のわれが何をしゃべってみだとごろで、男が一度決めたことは覆されねえ。小麦粉三百袋がもどって、怒る理由がなくなりでも、さねえことにはな」

隠居は、ずるずると音をたてて紅茶をすすった。

「わたしったら……」

ハナ子が迂闊だった。隠居にいいくるめられるのは、父にとっては屈辱なのだ。もし隠居が乗り出してもことが収まらなければ、今度は父ばかりか隠居の顔をつぶすことになる。ようやくそのことに気付いて、ハナ子は泣きたくなった。

「その闇ブローカーはな、小笠原づう男だそうだ」

「小笠原」

ハナ子は知らない人物だ。隠居が憎い敵の名を知っているのが、意外だった。そして、不安になる。思いつめて走り回っても、実は初手から蚊帳の外に居たような気がしてくる。

「小笠原と、勝治の因縁は根が深いんだ。われにどうこう出来るもんでねえ」

闇ブローカーは、江藤勝治との過去のいさかいを解消したいといって、健吾をだました。

いさかいは、事実だったということだ。

解消どころか、それを根に持ってわざわざ喧嘩を売りに来たのだから。

挙句の果てに、巻き込まれた健吾が一人だけ、割りを食っている。過去のいさかいも、現在の喧嘩も、ハナ子としては「糞くらえ」だ。

「父の過去のことなど、うんぬんしている場合ではありませんわ」

「だからといって、警察に訴える気もねえんだべ」

「警察ですって」

――バヒハルナ。

――タレコムナ。

――バシタトルナ。

香具師の三大憲法だ。「バヒハルナ」とは売上金をごまかすな、ということ。「バシタトルナ」とは、仲間の妻を寝取るなということ。「タレコムナ」とは、もめごとに警察を介入させるなということだ。香具師のしのぎとは縁遠い育てられ方をしたが、この掟のことは骨肉にしみて知っている。多くの子どもたちと同様、ハナ子もまた父のことが誇りなのだ。混沌とした戦後の闇市を、とりまとめているのは香具師だというのがハナ子の自慢である。その約束事を破って、父親を警察に売るなどできない。絶対に、だ。

「せばなあ」隠居は皺の寄った人差し指で、鼻のわきを掻いた。

「魔法使ひに頼んでみなが？」

「え……」

青森からはるばる訪ねて来た湖の真ん中で、話が振り出しにもどった。

ハナ子は落胆し、同時に喜んだ。明確な道筋が示されたのである。問題を解決してくれるのは、やっぱり魔法使ひをおいてほかに居ないということだ。

「魔法使ひって、いったいだれなんですか？　どこに行けば会えるんですか？」

「あれは、青森の青柳のバラックに居るよ。ただし、法外な銭コ取られるど」

ひと一人を救うだけの金が、自分の小遣いで賄えるか、急に不安になった。

「よし、よし。魔法使ひの報酬は、われが代わって払ってやる。あんたが、一人でこごまで来た度胸に免じてな」

隠居は優しげにいって、女中を呼んだ。紅茶のおかわりを命じて、ハナ子が帰路で食べるお八つにと、焼き菓子を手ずから花紙に包んでくれた。

忘れ物のコムパクトを取りに、赤線の暁烏にもどった。

3

「安保さん――安保さん――」

今度こそマズイところに来たのではないか。そう恐れて、木のドアの外から声を掛けた。

廊下の奥にある便所から、鼻の奥を刺すような消毒剤のにおいがした。

部屋の中からは、「うん」とも「すん」とも反応がなく、ハナ子は急にここに居るのが馬鹿馬鹿しく思えてくる。コムパクトなど、どうでもいいではないか。虹の湖までとんぼ返りをして、すっかりくたびれているのに。今にも、健吾が殺されてしまうかもしれないのに。

それでいて、脚に後ろからつっかえ棒でもされたみたいに、不思議にも、きびすを返すことができなかった。廊下の奥にある便所のにおいとは別の、金気のある生臭さが、ふっと顔を覆った。

やっぱり、せっかく来たのだから、コムパクトは持ち帰らねば。もしも取り返さずにいたら、夜の女に使われてしまう。

（ちがう――ちがう――そんなことじゃない――わたしは――）

ハナ子をとらえていたのは、ある種の予感だった。それはハナ子を支配した。

ドアノブを握って、建て付けの悪い戸を開ける。

「あ」

午前中に訪れたのと同じ、畳敷きの六畳間。そこに、ハナ子はかつて見たこともないものを見てしまった。

遺体だ。

安保が死んでいた。

午前中に見たのと同じ柄シャツを着ていたものの、それが安保だと気付くのには、すこしの時間がかかった。なぜならば、安保の肩から上には頭がついていなかったのである。目を見開き、怒りなのか恐怖なのか、燃え立つような表情の顔が転がっていた。首の赤い断面から、肉と血管と骨が見えた。

（ああ）

人の亡骸(なきがら)への本能的な恐怖が、波のように襲ってくる。

しかし、別の恐怖がそれを抑え込んだ。理性が告げる警報だ。

（コムパクトを探さなきゃ――さもないと――わたしが――）

犯人にされてしまう。

急いで部屋の中に入り、戸を閉めた。

血のにおいが、肺を満たし、全身に巡り、凌辱されるよりもっとひどく身が汚れるのを実感した。それでも、コムパクトを探さねばならない。はずみで落ちただけだから、なくなるはずはないのだ。ここにあるはずなのだ。

息を吸い、吐き――。

息を吸い、吐き――。

こんな空気など、吸いたくない！

だけど、うわずる呼吸はいっそうの酸素を求めた。

部屋中を探し、どこに居ても安保の首はハナ子を睨んでいた。

畳の上にも、布団の中にも、窓がまちにも、鏡台の上もひきだしにも、ハナ子のコムパクトはなかった。鼓動が限界を告げている。一歩ごとにめまいと吐き気が襲った。落ちた首が、転がった手が、今にも動き出しそうな気がした。

もう駄目だ。

ハナ子はコムパクトを探すのをあきらめた。

そこからどうやって出たのか、記憶が飛んでいる。

気がつくと、堤川（つつみがわ）のそばを歩いていた。足の裏に、じゅくじゅくと濡れた感触がある。慌てて見下ろすと、足袋（たび）が安保の血を吸って真っ赤になっていた。

急いで脱いで川に投げ捨てる。草履の底をハンケチで拭って、それも捨てた。

「ハナ子さん――ハナ子さん」

名を呼ばれて、心臓が跳ねた。

えずきそうになるのをこらえて、振り返った。

「こんにちは」

砂田（すなだ）静子（しずこ）さんという、和裁教室で知り合ったともだちが居た。弘前の砂田呉服店の末娘で、青森に嫁いだ人だ。嫁いだといっても、夫は婿養子で、姓は砂田を名乗っている。生まれついての令嬢だから、自分などとは――そこまで思って、ハナ子は慄然（りつぜん）とした。今、人殺しの自分などとは――と思わなかったか？　安保の死体が転がる部屋をうろつき回り、ハナ子はいつの間にか、自分が殺人を犯したような気持ちになっている。

「どうしたの？　顔色が良くなくってよ。どちらかにお出かけ？　よろしければ、うちで休んでいらっしゃらない？」

「大丈夫よ、有難う。わたし、これから魔法使ひに会いに行くの」

混乱していたせいで、つい馬鹿正直なことをいってしまった。静子さんは小作りで整った顔を、不思議そうにさせた。

「魔法使ひ？　なあに、面白いこと」

「ええ。何でも持って来てくれる担ぎ屋なのよ」

静子さんの目が、キラリと光った。それが胸に引っかかったのだが、ハナ子は相手の顔色など読んでいる余裕はない。少なくとも、今の自分を不審に思われなければ御の字だ。

静子さんはおっとりとした人だから、よもや近い将来に知れ渡る殺人事件と、ハナ子を結びつけることはあるまい。

「おかしなことをおっしゃるのね。その人、どこに居るの」

「青柳のバラック」

ハナ子がそう答えると、さすがに静子さんの表情が変わった。

「まさか、そこに一人でいらっしゃるのではないわよね」

「行くわ」

答えたら、体の中心から震えが来た。安保の死体が怖かった。安保が恐れていた魔法使ひが怖かった。父親を欺こうとしていることが怖かった。できることなら、今ここで静子さんにすがり付いて泣きたい。魔法使ひに会って――それから先、無事で居られるのだろうか。泣きながら、そう訴えたい。

「八時に……そうね、八時にあなたに電話してもいいかしら。もしも電話がなかったら、姉のテフ子に伝えてほしいの。わたしが、魔法使ひに会いに行った、と」

「ええ、それはかまわないけど」

静子さんは、何かを気取ったようだった。

ハナ子は、無理に笑って手を振った。

＊

――見ろじゃ、見ろじゃ、金持ぢだえ。可愛え娘だあ。

――金持ぢ娘が、何しにこったら所さ来るんずよ。

着の身着のまま食い詰めて、死ぬか生きるかのバラックの住人からは、今しもハナ子の肉まで食らいかねないような殺気が立ちのぼる。

心の緒が切れてしまったのだろうか。ハナ子は、もはや恐怖を感じなくなっていた。

震えも止まった。涙もこぼれる気配がない。

常と変わらぬ可愛い足取りで、草履をはいた小さな足を進めた。覆いかぶさるようなバラックとバラックの間の通路を歩いて、ひときわ暗い一角で立ちどまった。

そこは、がらんどうのうす闇だった。

狭い。人間のすみかとは、到底思えない。

「ごめんくださいませ」

答えは返らなかったが、人が居るのはわかる。歓迎されている気配ではなかった。

「あの……」

担ぎ屋は、立膝をついて板敷(いたじき)の床に座っていた。まだ二十代の半ばだろう。想像していたよりずっと若かった。尾上の駅で見た中年男のような、この時代の人間特有の疲労が感じられない。その気配はおそろしく無愛想で、ともすれば敵意すら感じられた。だけど、安保が恐れるほど怖い気はしない。姉がいうような悪魔ではない。少なくとも、外見は。

ハナ子は小物を入れた巾着を無意識に抱きしめ、立ったまま話す。

「あなたが、有名な担ぎ屋さん」

呑(の)まれまいとするあまり、皮肉な口調になってしまった。

返答がないのは、肯定の意味だと勝手に決めた。

「わたし、あなたに、ひとを一人、助けてほしいんですの」

「…………」

担ぎ屋は、視線だけを動かした。生まれついて縮れた髪の毛を無精らしく伸ばして、それが半ば隠す両目は、意外なことに涼しげだった。まっすぐで形の良い鼻梁と、少し厚ぼったいが、やはり形の整った口。その口は引き結んだまま、頰の輪郭は世相もあってか痩せているものの、貧相ではなかった。むしろ、なかなかの男ぶりである。

「その人の名は月永健吾といいます。香具師の家に押し込められていて、たぶん、明日のうちに、殺されてしまいます。だから、生きているうちに――」

「ずいぶんと剣吞だな」

担ぎ屋は初めて口をきいた。

低くて、ぞくぞくするような色気のある声だ。ハナ子は着物の奥が熱くなった。

――馬鹿みたい。わたしはいったい、どうしたというのだろう。

「魔法使ひともあろう人が、香具師なんかが怖いんですの」

その問いに担ぎ屋は答えなかった。

「だけど、怖いんならば、わたしの頼みを聞いてくださった方が賢明ですわ。わたしは、これでも――」

「江藤組組長の娘、江藤ハナ子。あんたが助けたいのは、父親の江藤勝治が殺そうとしている若造だ」

「どうして、こちらの事情をご存知なのかしら？」

その問いに、担ぎ屋は答えない。

「あんたが父親に命乞いしてやればいいでば」

「わたしなどに助けられるくらいなら、ここには参りません」

「青森は狭い街だ。ヤクザがいったん消すと決めた男が、生きながらえられるわけがねえ」

「そこを、何とかして欲しいんですの。健吾さんが捕まっているのは、うちの蔵の中よ。見張りが居るけど、あなたなら、万事ぬかりなく助けられるでしょう」

「図々（ずうずう）しいお嬢さんだ。その図々しさの礼は、葉村の隠居が支払ってくれるというわけか」

隠居が先に話を付けてくれていたのだ。だったらこの男が一部始終を知っていたからくりも解ける。

虹の湖まで行って手籠めにされることもなく、このバラックで魔法使ひにとって食われることもなかった。そう思ったら、呼吸が急に楽になった。午前中に本町の家を出て以来、無意識にもずっと息をつめていたのだ。

*

バラックを出たところを、怖い顔の男たちに捕らえられた。

大きな手が、万力のような強さで、ハナ子の細くやわらかな腕をつかむ。

バラックの住人たちが、遠巻きにこちらを見ていた。しかし、だれも助けてくれる者はない。

「やめてください。離してください——だれか、助けて、人殺し！」

「静かにせえ」

やはり魔法使ひは悪魔だったのだ。警告を聞かずに近付いたから、安保のように殺されてしまう。ハナ子がそう思って高い悲鳴を上げると、男たちは慌てた。

「われわれは、警察の者だ」

「警察？」

ハナ子は思わず、口をぽかりと開けて、怖い顔の男たちを見た。

「安保俊作殺害の容疑で連行する」

「え――。そんなの、うそよ。わたし、そんなことしないわ」

「話は警察署で聴いでやる」

刑事たちは、強硬な態度を変えない。

停めていた自動車の後部座席に乗せられて、警察署に連れて行かれた。

さっき暁烏の女将に、安保の部屋から出るところを見られていたらしい。警察は、堤川の土手にひっかかっていた、ハナ子の足袋とハンケチまで見つけていた。

「安保さんに午前中に会ったときに、コムパクトを忘れて来たんです。取りに行ったら、安保さんが死んでいたんです」

そこだけ正直に答えても、まったく信用されなかった。

そもそも午前中にどうして、安保を訪ねたのか。暁烏という宿は、うら若いおぼこ娘が行くところではない。そういう刑事に、ハナ子は場当たり的な啖呵を切った。

「おぼこ娘ではありませんわ。だれと親しくなっても、わたしの自由よ」

ここで警察に事情を白状するくらいなら、何のために怖い思いをしたのかわからない。

「自由ねえ」

刑事は、あきれたような顔をする。

「恋人の不実を知って、頭にきましたが？」

安保とハナ子が恋仲で、パンパンを買った男を恨んで殺した。そんな筋書きを考えだしたらしい。刑事はいやらしく笑った。

「だから、申しましたでしょう。わたし、そんなおぼこ娘じゃありません」

売春婦を買ったくらいで、人殺しなどするか、馬鹿馬鹿しい。

憤然とした顔でそういったきり、ハナ子は黙秘した。なりゆきで安保の情婦のようなことをいってしまったが、そうするほかに暁烏に居たという事実を釈明できない。

それより、何より、だれが安保を殺めたのか。

どう考えても、わからなかった。

あるいは、健吾の事件とはまったく別の、痴情による殺人なのかもしれない。

（でも）

そうだとしても、首を切り取るようなむごいことまでするだろうか？

その夜は留置場にとどめられた。

翌日も取り調べが続くのだろうと覚悟していたら、案に相違して釈放された。複数の証言者によって、安保の殺害時刻が午後三時と確定し、そのときハナ子が尾上から虹の湖に向かっていたという証人が現れた。その一人が、葉村の隠居だった。

隠居は、警察署の前に停めた自動車の中で、ハナ子を待っていた。

「ご隠居さまが、わたしの無実を証言してくださったとか」

「われは、事実をしゃべったまでだ」

「でも、安保さんが殺された時間って――」

「ああ、ははは」

隠居が笑うので、ハナ子は驚いてその横顔を見る。

暁烏の前を、偶然とおりかかったという証人たちは、外回りの銀行員と小学校の用務員である。いずれも真面目な人物らしい。午後三時、彼らはくだんの宿の一室から、男の悲鳴があがるのを聞いたという。

――人声(じんせい)とも思えない、恐ろしい悲鳴でした。しかし、場所が場所ですから、関わり合いになるのもうだでえ(厄介だ)と思って、通り過ぎてしまったんですが――。

二人とも、朝刊で殺人事件が起きたことを知って、慌てて警察に申し立てた。

「どっちも、うそだけどな」

走り出した自動車の中で、隠居は愉快そうに高笑いする。

警察の中に居る知り合いからハナ子の逮捕を知らされて、隠居はうその証人をでっちあげたのだという。銀行員も、小学校の用務員も、隠居の息のかかった者たちだった。

感謝するべきか呆れるべきか、ハナ子は啞然とした。

「だったら、安保さんが亡くなった時間は――」

「まあ、おそらく、三時前後にはちがいねえべ」

警察が目撃者の証言に納得したのは、死後の体温低下などの検案が、午後三時死亡説と矛盾しなかったからだろうと、隠居はいった。

午後三時なら、ハナ子は尾上に居た。隠居や使用人の証言のほかにも、タクシーの運転手や駅員がハナ子のことを覚えていた。安堵してようやく、安保のことを思いやる余裕が生じた。

「だけど、いったいだれが安保さんにあんなことを……」

「われではないよ」

隠居は冗談をいうみたいな顔付きで、そう答える。

「ところで、ハナ子よ、ひとつ訊いていいがな？」

「はい」

「どうして、そごまでして月永健吾を助けたいんだ」

「父に人殺しなんて、させたくないんです」

殊勝な顔をしていってみたものの、実のところ、そんなことは考えていなかった。

これまで江藤勝治がどれだけ荒っぽいことをしてきたのかは知らないが、降りかかった火の粉を払うのなら、自分の流儀でするがいい。ハナ子の本音は、ただ健吾を案じるのみだ。

「結局、魔法使ひに頼んだんだな？」

「ええ」

「せば、あんたの思い通りになるべ」

「ご隠居さまが、あの人にお金を払ったと聞きました」

「ああ。あんたと約束したからな」

「健吾さんが無事だったら、わたし、きっとお返しします」

自動車は短い距離を走って、江藤家の門前につけた。

隠居は白い眉毛をしわ深い指でなぞり、にんまりと笑った。

「われも、そのつもりだえ」

＊

屋敷（やしき）の庭を駆け抜ける。

白い玉石が、ハナ子の草履の下で、カチカチ、カチカチと鳴った。

その音に驚いて、中蔵の前に居た見張りが顔を上げた。見張りが居るということは、虜囚（りょしゅう）はまだ無事なのだ。

「そこをどいてちょうだい」

ハナ子は、いらいらといい放った。

しかし、昨日の竹夫は容易に口説き落とせたが、今日のヤツは手ごわい。押し問答が始まり、ハナ子はだんだん気が高ぶって涙がこぼれた。

「泣がれでもさあ。参ったなあ……」

忠実な子分は、弱り切った。男どもの争いならば面子（メンツ）にかけて負けられないが、令嬢が涙ながらに頼むことに「いや」という不人情さを、彼は持ち合わせていなかったのである。

「親分さは内緒だはんでの。静がにな、静がに」

観音開きの重いとびらを、子分に手伝ってもらってあけた。

先に声を出したのは、子分の方だった。

昨日とおなじく、死んだ犬か猫のように健吾が倒れている。

その後ろに、小麦粉の袋が積まれていた。だまされた時の石灰とはちがい、製粉工場のトレードマークが印刷されてある。一袋、開けてみると、確かに小麦粉だった。それが十袋ずつ、三十列。だまし取られたものがそっくり、返っていたのである。自分が奔走した結果のこととはいえ、ハナ子はすっかり仰天した。

まるで手品だ。

まるで魔法だ。

子分も見張りどころではなく、転げるようにして母屋に報告しにいった。

「健吾さん」ハナ子は倒れている男の顔の前に、手を持っていった。苦し気な息が指先にかかった。

「ああ、よかった」

ハナ子は、矢絣の着物が汚れるのも忘れて、その場にぺたりと座り込んだ。

とうとう、してのけた。この男を守りとおした。

思わずゆるむ口元が、昨日までの無垢な少女とはちがってしまっていることに、ハナ子自身も気付かなかった。

＊

テフ子が電灯のスイッチをひねると、六畳間に円錐（えんすい）形の光が降った。湯上りのハナ子は、竜胆（りんどう）の柄の浴衣（ゆかた）に着替えて、横ずわりで姉を見上げる。テフ子は茶筒に入れた金平糖を、妹のてのひらに載せてやった。

夕餉（ゆうげ）がろくにのどを通らなかったから、金平糖の甘さがしみわたる。興奮はまだ残っていて、それが疲れたからだをいたずらに、落ち着かなくさせていた。

「ゆうべねえ、砂田さんがら電話があったのよ。あの人、あんたのことを、ずいぶん心配してだっけ。ハナ子は警察に捕まっているから安心ですと、答えでおいだわ」

この物言いは、姉一流の皮肉だ。健吾の救出はハナ子の手柄。姉は何もできなかったから、せいいっぱい虚勢を張ってえらそうにしているのだ。それがおかしかった。

「葉村の伯父さまさ渡った小麦粉が、そっくり消えでしまったんだって。代わりに、石灰が倉庫の中に納まっていだんだどさ。本当に魔法みたいだよねえ――魔法使ひがやったんだね」

「うん、たぶん」

「あんたのお手柄だ。魔法使ひと葉村のご隠居を手玉にとって、大したものさぁ」

姉はハナ子の顔をのぞき込んで、視線をとらえた。笑っていない目が怖い。そんなに悔しがるくらいなら、どうして自分で働かなかった？　ハナ子は妹らしく、文句はただ呑み込んだ。

「さて。わたしも、お風呂に入ろうっと」

ハナ子とおそろいの浴衣を持って、テフ子が部屋を出ていった。

ハナ子は魂が抜けたようにぼんやりと、畳の上に投げ出してあった巾着を拾った。

昨日捨ててしまったハンケチの替えを入れようと中を開いたら、ハナ子のものではない薔薇(ばら)の香水のかおりがした。

おどろいて、巾着を目の高さまで持ち上げた。

黒い別珍(べっちん)に、白と桃色で蝶の刺繍(ししゅう)がしてある。

テフ子のものだった。ハナ子の巾着には、赤いアネモネの花が刺してあるのだ。

紐(ひも)をひきしぼって口を閉じようとしたとき、薔薇のかおりに混じって、金気のある生臭さが一筋、鼻をくすぐった。おぼえのあるにおいだった。

ハナ子は毒を吸ったように咳(せ)き込(こ)み、巾着を投げ出す。

カシャ。

乾いた金属音がした。

胸の中で心臓がおどった。

同じにおいをかいだときのことが、目の前によみがえって、頭がふらつく。

それでも、ハナ子は巾着をたぐり寄せた。

放っておけ、見てはならない。

見てしまったら、魔法使ひとの取引よりももっと怖いことになる。

意識の隅で、自分の声がしきりにそう訴えている。

だけど、ハナ子はもう一度、姉の巾着の口を開いた。

電灯の黄色い光が小さな闇の中に差し、まるい金属のふたに反射する。

手を入れて取り出した。

馴染んだ手ざわりのそれは、銀色の透かし彫りをしたコムパクトだった。

安保の部屋で失くしたもの——けれど、失くしたときとはすっかり様相がかわっていた。乾いて赤黒くなった血が、こびりついている。

「そんなもの、置いできたら、あんたが人殺しにされるべな」

声に驚いて顔を上げると、閉じていたはずの障子の向こうに、テフ子が立っていた。暗がりが、姉の感情を隠していた。

第二話　仕返し

1

安保俊作は、健吾の親友だった。

警察署に呼び出され、安保の死にざまを刑事から聞かされた。

「赤線の暁鳥で、首を切り落とされて死んであったね。凶器は見つかってねえが、あれぁ出刃包丁だな。まあ、つまり、誰にでも手に入る得物だっつうことや。他に外傷はねえから、生ぎでるうちに切られだんだびょん。痛がったべなあ。落とされた首の形相が、すごがったものなあ」

刑事はインテリみたいな眼鏡をかけたやつで、健吾の顔を探るようにのぞき込む。

「おめえ、安保の親友(けやぐ)だっつきゃな。安保を恨んでだ相手の心当たりはねえが？」

「そしたやつ、居ねえ——知らねえ」

健吾は刑事から視線をそらして、ふてくされたガキみたいないい方をした。九死に一生を得て帰ってこられたのに、娑婆では親友が殺されていた。それも、惨殺だ。健吾の脳裏には、酔っ払って笑う安保の顔しか浮かばない。生きながら首を切られる苦悶の顔など——あのモッケ（お調子者）の安保が、そんな惨い目に遭ったなど——わけがわからない。

動揺と疑問と怒りと悲しさで、完全に混乱した。

「なして……？」

「それば調べでるんだべな。おめえ、仲が良がったそうだが、喧嘩することもあったべ」

眼鏡の奥で細い目が笑っている。探るように、笑っている。

おれを疑っているのか？

カッと頭が熱くなった。包帯だらけ、あざだらけのからだで、刑事につかみかかりそうになる。それをこらえたら、身が震えた。目が熱くなり、鼻の奥が痛くなり、視界がにじむ。ぼろぼろと涙がこぼれた。

「おお……おおお……」

嗚咽はなかなか止められず、視線がさがった。古びた机と自分の折り曲げた脚を見ながら、全身を震わせた。でも、記憶の中の安保は、やっぱり笑っている。

なァに、泣いじゃんずや、健吾。

二つ年上だった安保は、いつも兄貴づらしていた。二人で酸っぱいドブロクを作って売ったり、MP(進駐軍の憲兵)の背中に石をぶっつけて、子どもみたいに走って逃げたり、同じ女に熱をあげて喧嘩をしてみたり——。

「ふん」

刑事が不機嫌に笑う。それで、いやでもまた現実に引きもどされた。

「安保が殺されたとき、おめえがどごさ居たかは調べがついてる。まあ、早ぐ怪我ば直せ」

大したことも訊かれずに、解放された。エジプトのミイラみたいに包帯だらけで脚を引きずるチンピラが、泣きながら警察署を出る姿を、行きかう人たちが物珍しそうに見た。

——おれも、おめえも、虫けらさ。

戦時中、家にも社会にも居場所のない安保が、やはり家にも社会にも居場所のない健吾にそういった。

——だけど、今の時代、虫けらでねえ人間が居るが？　赤紙一枚で呼び出されて、死んで来いっていわれるんだ。万歳、万歳、出征おめでとうってや。馬鹿くせえ。

戦争が終わって、虫けらは人間にもどれたか。復員した兵士は、外国から引き上げて来た開拓者たちは、ＧＩ相手の慰安所の女たちは、報われたのか。

敗戦で天地がひっくり返っても、通貨が新円に切り替わって銭金までが信じられなくなっても、健吾は安保のことだけは信じていた。自分で自分を虫けらだといえる人間だけが、信じられると思った。

安保は健吾を見下さなかった。

愚連隊を気取っていた安保の愚かさは、健吾の愚かさと同じだ。

安保だけが、健吾を理解してくれていた。

江藤の親分のことは敬っていたし、テフ子とは馬が合ったし、街のあちこちに居る恋人たちは、健吾を可愛がってくれるけど、安保だけが特別なのだ。儲け話も失敗談も、安保にだけは腹を割って話せた。

（でも、死んでまった……）

安保がどれほど恐ろしい思いをしたか、どれほど痛かったか、それを思うと息が苦しくなった。殺したやつのことが、憎くて気が変になりそうだった。

熱い風が顔に吹く。江藤の親分に閉じ込められていたのはたった三日間なのに、季節は初夏に変わっている。大家のおやじさんは、今年の夏には何万人も餓死者が出るといっていた。安保はもう腹を空かせることもない。それが可哀想で、なすすべもなく空を見た。

自分に対する警察の追及が手ぬるかったことで、健吾は却って憤慨した。あのインテリ顔の刑事の対応は形ばかりのことで、警察は安保の死をまともに検証する気がないのではないか？　健吾が半殺しの目に遭ったことも承知の上で、江藤組を取り締まる風もなかった。もしも、そんなことになったら、健吾としては有難迷惑ではある。しかし、健吾のことも安保のことも、ひとからげにして放っておかれるとしたら——。

安保の無念は、自分で晴らすよりないのかもしれない。

配給ばかりを頼っていたら餓死するよりないのと、それは同じことなのだ。

(待ってろよ)

安保に対して、犯人に対してそう唱えることで、健吾の心の痛みは和らいだ。とはいっても、まだからだのあちこちが痛くて、ろくに出歩けない。警察署から帰っただけで、のびてしまった。シャツの前をくつろげて、足を投げ出して風を浴びた。さまざまなことが頭をかすめては、消えてゆく。その大方は、からだが痛むことと、その傷を受けたときの恐怖とに終始した。少しも安保のことに集中できない。

おれが殺されかけて、

安保が殺された。

いくら死と隣り合わせの時代だからといって、殺されかけたり、殺されたり、そんなことがしょっちゅう起こるわけではない。これが同時に起こったことは、偶然なのか？

(偶然なんて、ねえべや)

風呂に入れずかゆくなった頭を掻いて、生乾きの傷を引っ掻き悲鳴を上げた。手の爪を見たら血が付いている。「わあ、わあ」といいながらも、健吾は絡まった糸の端をつかんだ気がした。

——あなたば、助けたいんです。

江藤親分の妹娘が、健吾にそう告げにきたことを思い返す。

あのとき、健吾は何も考えず……何も考えられずに、ただ安保の名を告げた。この世で頼れる人間を、ほかに知らなかったからだ。

しかし、それが安保の命を奪うことにつながったとしたら？

でも、なぜ？

「健ちゃん、お客さんだ」

間借りしているラジオ屋のおかみさんが、階段の下から粗忽な大声で呼ばわった。

怪我以来、働き口もなくしたのを知って、大家夫婦はいよいよ健吾を胡散臭そうに見ている。その声にいつにも増した緊張感があったので、健吾は夢想から呼びもどされた。

「健ちゃん、早ぐさ！　江藤のお嬢さんだよ！」

おかみさんが思いがけない名をいったので、健吾は慌てた。テフ子のことは、不良娘だといって、おかみさんはきらっていたはずだが――。

古びた階段を、苦心して降りた。一段降りるごとに、「痛て、痛て」と声を上げたのは、客がテフ子だとわかって、甘えが出たせいだ。しかし、玄関を兼ねたラジオ屋の店先に居た客は、江藤テフ子ではなかった。

「お見舞いに参りました」

待っていた相手は、三つ編みの頭をぺこりと下げた。ハナ子だ。

「良かった。すっかり元気になったのね」

テフ子と同じ顔が笑っている。それでいて、これほど似ていない姉妹も居ないだろう。似ていないというのなら、父の狂暴さからも想像がつかない淑やかな娘だ。

――あなたば、助けたいんです。

死ぬと思った蔵の中で、ハナ子がいってくれた言葉が、さっきとは別な響きで胸を打った。鬼っ子のテフ子はどうあれ、ハナ子は健吾みたいなチンピラとなど接点を持つような娘ではない。「今の時代、虫けらでねえ人間が居るが?」と安保がいっていたけれど、そんな人間が居るとしたらこのハナ子だろう。

「健ちゃん、何、ぼーっとしてるの。上がってもらえへんが。あんた、なんぼ気ィ利がねえんだして」

おかみさんが手振りで、自分たちの住まいである一階の奥の座敷にハナ子を招いた。健吾が間借りしている二階の六畳間が、さんざんなありさまになっているのを察してのことだ。

「からだ、大丈夫?」

「なんも、平気だよ」

あぐらもかけず、両脚を投げ出し両手を尻の後ろについて、健吾は強がりをいった。

「姉がね、健吾さんと会えなくなるんじゃないかって心配しているの。父がひどいことをしたものだから、江藤と名のつく者なんて、こりごりでしょうって」

「ハナ子さんこそ、おれだのさ会いに来たら、親父さんさ怒られるんでね？」

「わたしは怒られませんわ。姉とちがって、信用がありますの。それにわたし、案外と要領が良くってよ」

ハナ子は青い襟元から、良いかおりのする紙を取り出した。このかおりは、テフ子が愛用する薔薇の香水だ。

――金曜九時、山猫にて。

蝶のすかし模様が入ったうすい便箋に、テフ子の筆跡でそう書かれていた。

「こんなものを妹のわたしに持って来させるなんて、おおげさでおかしいでしょう？実はわたしが、健吾さんの元気になった顔が、どうしても見たかったから、お遣いを買って出たのよ。それと――」

ハナ子は言葉を切って、胸の前で白い手を握り合わせる。健吾に向けたまなざしが、はっとするくらい鋭くなった。

「安保さんのことは、もうお諦めになって。そういに来たんです」

ハナ子の目の中に、恐怖が見えた。けれど、恐怖に混じって別の感情があるのを、健吾は確かに感じ取った。

「なして、そったことを？」

健吾は、全身が悲鳴を上げるのもかまわず、前のめりになった。

ハナ子はかぶりを振る。それが、返事の全てだった。

＊

山猫は、不良娘の江藤テフ子が、わが家同然にしているバーだ。

安保が殺された赤線の暁鳥と、さほど離れていない、古川の路地にある。

床に張った赤いじゅうたんは擦り切れているし、椅子の大半はスプリングが折れたり飛び出したりしているけれど、暗い照明のおかげで、店のおんぼろさが重厚な西洋趣味に化けている。何より山猫では、ほかとちがって客に飲ませる酒が上等だった。ドブロクやカストリ焼酎ではなく、本物のバーボン・ウィスキーや、葡萄酒(ぶどうしゅ)にありつけるのだ。

それらは進駐軍の横流し品で、健吾もかつては江藤組のためにそうした品物を、あっちからこっちへ、こっちからあっちへと、オート三輪で運んだものだった。

テフ子はチャイナ服に似た袖なしのドレスを着て、むき出しの腕を組んでいる。

「ハナ子、健ちゃんに何をしゃべってだ？」

「うん？　おれが怖気づいて、おめえと会わなくなるんでねえがって。おめえが、そう心配しているって」

「ふうん」

テフ子は華奢なグラスのシェリー酒を口に運んだ。

赤い口紅が、花びらのようにグラスに残った。

「で、どうだのさ？」

「どうって？」

「あんた、これからもわたしと会ってくれるの？」

テフ子らしからぬ、殊勝ないいぐさだった。

健吾としても、以前ならば、細い肩をかき抱いて「当然だべな」と接吻のひとつもするところである。だけど、テフ子が案じたとおり、健吾は怖気づいていた。殺されるという恐怖は、一度味わってしまうと、もうからだからも頭からも抜けない。それでも、「おまえの親父が怖いから、会いたくない」と正直にいえないくらいには、健吾にも矜持がある。だから、話をそらした。

「それから、安保のことは諦めろといわれたよ」

「へえ……。ハナ子がそんなことといったんだ」

テフ子は、ラッキーストライクに火をつけた。

死と隣り合わせの時代だったから、ちょっとやそっとの残酷譚では、だれも何とも思わない。それでも、安保の猟奇的な死にざまは、地元の新聞もまるでカストリ雑誌のような論調で読者をあおった。

「で、どうだのさ？」

テフ子は、さっきと同じように訊いてくる。目が笑っていた。それに腹が立ったが、テフ子の顔は心と一致しないことを思い出した。

「おれは、安保の仇ばとるよ」

「やめなさいよ。ハナ子のために」

テフ子が笑いを消したので、健吾は身構える。なぜか、親に叱られたような気持ちになった。いやな気持ちだ。心配なんて、まっぴらだ。説教なんて、聞く義理はない。

「ハナ子はあんたを助けるために、あっちこっち走り回ったのさ。それで暁烏さ行って、死んでいる俊ちゃんば見でしまったんだよ。そのせいで犯人だと疑われて、留置場にまで入れられたの。だから、俊ちゃんと仲が良かったあんたが、仇を討とうなんて考えるのが、怖くてたまらないのさ」

「その話、本当な？」

健吾は啞然としていた。

ハナ子が、自分を助けてくれたとは、今の今まで思いもしなかったのである。膏薬を貼った頰を、おろおろと撫でた。頰が熱い。

健吾の反応をどうとらえたのか、テフ子は不機嫌な顔になる。

「あんた、あんな目にあったのにまだ懲りないの」

「おれが懲りるのと、安保が死んだのと、どう関係あるのや」

照れ隠しもあって健吾が声を荒らげると、テフ子は負けずににらんできた。その口の端だけが、ニッとつり上がった。

「俊ちゃんを殺したのは、小笠原だからさ」

「え……？」

またしても、虚をつかれた。

小笠原というのは、江藤の親分をハメた闇ブローカーの名である。

半死半生の態で江藤の蔵から出されたときに、初めてその名を知らされた。

小笠原は健吾にとっても憎んであまりある相手だ。小笠原が安保を殺めたというのなら、話は簡単である。ぶっ殺してやるまでだ。健吾が監獄に入れられようが、それで八方丸く収まる。

それでも、健吾は引きつる息を鎮めるために、こぶしで口をふさいだ。

安保はあのペテンの取引とは何も関係していないのだ。小笠原が安保を殺す理由が、どこにある。

「小笠原が犯人だって、警察がいったんず？　新聞さ載っちゃあのな？」

「ああ、健ちゃん、健ちゃん」

テフ子が華奢な手で健吾のひたいを撫でた。

「あんた、痛い目を見過ぎて、頭がにぶくなったの？　小笠原のペテンの邪魔をして、あんたを助けたのは俊ちゃんだって——小笠原はそう思ったのよ。つまり、うちにある石灰を、葉村の伯父さまの小麦粉とすり替えたのが俊ちゃんだって——」

「安保にそったら芸当ができるわげねえべ」

「んだよね。きっと小笠原は思いちがいしたのさ」

テフ子は、平然といった。

「現実にあんたを助けたのは、魔法使ひなんだもの」

「魔法使ひだって？」

思ってもいなかった名が出た。健吾はきれいな形の双眸（そうぼう）を、またたかせる。

「そうだよ」

健吾の反応に満足したようで、テフ子はくちびるの端をニヤリとゆがめた。マニキュアをほどこした人差し指の先でくちびるを撫でながら、健吾を救出したくだりを説明した。

「あたしが妹をけしかけて、魔法使ひを頼るようにいったの。あの子、下手な知恵を回して俊ちゃんだの葉村の隠居だのを訪ねたらしいけど、結局は魔法使ひに何とかしてもらったみたいだよ」

「魔法使ひだなんて……。そったらヤツ、本当に居るのな？」

健吾は、闇市の連中から魔法使ひの話を聞いたことはあったが、よもや実在の人間だとは考えたこともなかった。

なにしろ、金でもプラチナでも、死体でも幽霊でも、何でも運んでくる担ぎ屋とのことである。

そんなヤツがもしも本当に居るとしたら、江藤の親分より大きなお屋敷に住んで、今頃はＧＨＱに接収されているとか――しているはずだ。少なくとも、青森の闇市は魔法使ひに握られていなければおかしい。

実際にそうなっていないということは、魔法使ひなんて実在していない証拠である。そんなものは、河童や座敷童子と同じ、おとぎ話なのだ。

しかし、健吾が助かったいきさつだって、どう聞いてもおとぎ話そのものだ。

「江藤組が騙されてつかまされた石灰が小麦粉にもどって、小笠原が媚びて売りつけた葉村一家の小麦粉が石灰に化けた。魔法使ひって、とんでもない冗談が好きなんだね」

テフ子は、のどを上げてシェリー酒を飲み干した。

彼女のいうとんでもない冗談をやってのける人間が居るとしたら——それが魔法使ひなのだとしたら——一目でいい、その姿を拝んでみたい。そいつは、全身にみどりのうろこでも生やしているのか、角があるのか、目玉が三つあるのか。

(ああ、お笑い種だじゃ)

お笑い種だが、知らずにはおけぬ。

健吾のそんな夢想は、テフ子のいう「小笠原」の名で破られた。

「小笠原は、今、葉村の伯父さまに追われているわ。だって、最終的には伯父さまが買った小麦粉が、石灰に化けたんだものね。伯父さまは、小笠原に騙されたって、カンカンらしいよ。小笠原は、生きて青森を出るのは、たぶん無理だわね」

「安保の死体が見つかったのは、石灰と小麦粉のすり替え前だ。小笠原が安保に報復するには、タイミングが早すぎるでば」

「さあ、そんなこと知らない。ああ、わたし、酔っぱらっちゃったよ」

「そもそも、小笠原はどうして、江藤の親分にあんな喧嘩を売ったんだ？」

「ああ、そのことね」

アルコールで潤んだ目を微笑ませて、テフ子は健吾を見つめている。その顔を、健吾は真剣に見つめ返した。自分を死地に陥れた裏にあるものを、健吾は知りたかった。

「親分と小笠原の間で、何かあったのが？」

「ふふん」

テフ子は空いたグラスを頰にくっつけた。

「わたしらのお母さまが、小笠原の女房だったらしいよ」

「ええ？」

健吾が驚いたので、テフ子は満足そうな顔をした。

「わたしも詳しいことは知らないの。ちょうど、東京からお客が来ているから、その人さ聞けばいいよ。わたしが、お客に話をつけといたげる」

赤いかさを掛けた電球の下で、テフ子のとろんと酔った目が、いたずらっぽく健吾を見た。

「ねえ。俊ちゃんを殺したのが、もしもわたしだったら、どうする？　俊ちゃんがあんたば裏切っていて、わたしがそれを罰したんだとしたら？　そんなわたしと、駆けずり回ってあんたを助けたハナ子と——。健ちゃんは、どっちが好き？」

テフ子の黒目が、ガラスみたいに光った。その目は笑っている。

安保のことは諦めろと告げた、ハナ子の目の暗さとは対照的だった。

「馬鹿な冗談はやめろじゃよ。安保がおれば裏切るわげがねえべ」

「そうだよね」

テフ子はボーイをつかまえて、シェリー酒のおかわりを頼んだ。

2

江藤組に逗留中の客人は、池和田といった。

池和田はテフ子に頼まれたからといって、闇市の一杯飲み屋で健吾と会ってくれた。ポマードで髪をオールバックにして、麻の背広を着た洒落者だった。丸い黒眼鏡をしていて、薬指と人差し指に金の指輪をはめている。先のとがった白い靴を見て、これで蹴られたら痛いだろうなと、健吾は思った。気配は江藤組の子分たちより剣呑だったが、四十塩梅(あんばい)の年齢のせいか、すぐに無茶をしでかすタイプには見えなかった。

「おれなんかど会って、親分さ睨まれませんか？」

「なあに、おまえは無罪放免になったんだ。江藤の兄貴は罪もないおまえに可哀想なことをしたと、悔やんでおられるよ」

「本当ですか？」

「まあ、それはいいさ」

江藤勝治がどう思おうと、テフ子がちょろちょろ動き回ろうと、自分が健吾に会いたいと思ったから、こうして会っている。だれに文句をいわれる筋合いもない。そういって、池和田は健吾の臆病さを一蹴した。

「おれは江藤の兄貴が旅の仕事をしているうちから親しくしていたが、小笠原とも面識がないわけじゃない。あいつとは、香具師の言葉でいう〈ともだち〉だ」

香具師のともだちといったら、それは特別な絆(きずな)をいう。

ともだちは互いに助け合うのが、きまりだ。その関係は五本の指といって、裏切った場合は指をつめる。だから付き合いにも緊張感が要った。

「小笠原は青森まで、江藤の兄貴に喧嘩を売りに来た。それから、自分の身の安全を確保するために、葉村の兄貴に甘い汁を吸わせて、その庇護の下に入ろうとした。ところが、最終的に、葉村一家に渡した小麦粉が石灰なんぞに化けたわけだ。まるで手品だな」

池和田は、黒眼鏡の奥から健吾の目をのぞき込む。迫力のある凝視だ。

「おまえは、このからくりについて、何か知ってるんじゃないか？」

「おれは、そのときは半死半生で、何もわがらなくて――」

「江藤のお嬢さん方が、ちょこまか動いてたらしいな。ハナ子さんが、殺された安保とかいうやつと、葉村の隠居に会っている。何やら、怪しげだな」

コップ酒を持ち上げ、池和田は毒見しろと健吾を促した。メチルじゃないか先に飲んで確かめろという意味だ。健吾はいやな気持ちで、先に飲んだ。

「カストリで美味（うま）くねえけど、メチルじゃねえと思います」

「ふん」

池和田はコップを傾け、半分ほど空けた。

「小笠原……さんと、江藤の親分の間には、何があったんですか？」

健吾はおそるおそる訊いた。

池和田は、縁の欠けた小鉢に盛られた何の肉とも知れない肉の煮込みをかみしめ、「うまい」といって馬鹿にしたように笑う。そして、語り出した。

＊

昭和六年、江藤勝治はまだ一家を構えることなく、妻もなく、旅稼業をしていた。浅草の兄貴分の縄張りで、露店を出して人絹の婦人服などを商っていた。

江藤は香具師には珍しく、博打はさほど好きではない。酒も弱い。ただ、女には目がなかった。当時はすでに中国との戦争が始まっていたし、東京も物騒になってくるだろう。ぼちぼち金もたまったのだから、青森に帰って落ち着こうと思うのに、なかなかそうしなかったのは、女癖のせいもあった。故郷に帰って身を固めてしまえば、気ままな暮らしができなくなる。

博多、大阪、新潟、木更津、仙台……江藤には日本のあちこちに、顔を出せばいそいそと迎えてくれる愛人が居たけれど、香具師の憲法を破ったことはない。それに、どの女とも割り切った付き合いだった。女がほかの男と所帯を持ちたいといえば、祝言に出てよろこんで高砂を唄ってやった。

けれど、浅草の露店に人絹の服を見に来る女には、江藤は本気で惚れたのだ。

その人は、三日続けて、安物の服を買いに来た。

黒髪をひっつめにして、開襟シャツにもんぺをはいた、地味な装いの女だった。化粧っ気はないし、江藤の売る安物のけばけばしい洋服などを着るようなタイプではなかった。指輪はしていなかったが、独身には見えなかった。白い顔と整った目鼻が、江藤の胸の真ん中を突いた。

一日目、その女が現れた瞬間に、江藤は特別に張り切った。

二日目、かぐや姫が地上に再来したかのような気分になった。

三日目、江藤はこの女は自分のものだと決めた。

女は江藤の売り口上を面白そうに聴いて、デパートにでも来たみたいにあれこれと迷い、一度洗えばチンチクリンになるような服を毎日一着買って行った。

四日目に来たのは、店じまいに近い時刻で、江藤はこの夜、女を連れ込み宿に誘った。

女は少しもこばまず、当然のようについて来た。まったくためらいもなく情を通じ合い、それから女はいじらしく江藤の背にすがって泣き出した。背中に彫った自慢の不動明王が、江藤の内心の恥じらいに合わせて赤面した。

――あたしを連れて逃げてください。

女の亭主は結核を患った元工員で、病気を理由に仕事を辞めさせられたという。暴力をふるうわけでもない、意地悪をするというのでもない、女はただ、この男の陰気さと甲斐性のなさが、むしずが走るほどいやだった。のべつ口にする負け惜しみと、痰のからんだ咳がいやでたまらなかった。

亭主が、夫婦で満州に渡ってやり直そうといい出した。満蒙開拓団の募集が始まったのが、その年のことである。

――満州だなんて。

日本の中ならばまだしも、外地に住むなど慮外のことだ。甲斐性なしの亭主といっしょに、今以上の苦労などしたくない。一度嫁したら死ぬまで尽くすのが女の道だろうが、あたしは亭主が嫌いでならない。夜ごと、あの生臭い口でくちびるを吸われるのが死ぬほどいやだ。あの男の精を身の内に受け入れるたびに、気が狂いそうになる。

そういって、女は江藤の背中に爪をたててしがみつき、すすり泣くのである。

「それが、小笠原の女房だったんですか？」

「ああ、そのとおりだ」

健吾が訊くと、池和田は奥歯でスルメの足を引き裂きながら答えた。

上背はあるが、肩幅がせまく、胸がうすく、しょっちゅう咳き込む青白い闇ブローカーの様子を思い出した。なるほど、女にアピールする魅力を、微塵も持ち合わせていない男だ。そう思うと、不謹慎にも笑えてきた。

「何かおかしいか？」

「いや、なんも」

健吾は慌てて串に刺した肉をむしりとった。

他人の濡れ場のことなど、どうして池和田が語るほど知っているのか。それは、さほど不思議なことではなかった。江藤勝治は友人や兄弟分などに、酔えば好んで武勇伝を語る。下半身の活躍が、誉れだと思い込んでいるのだ。

「兄貴は、小笠原の女房を青森に連れて来た。それが、あの双子のお嬢さん方の母親さ」

健吾は獅子っ鼻にギョロ目で口の大きな、江藤勝治の顔を思い浮かべた。姐さんを見たことはないが、よっぽどの美女なのだろう。高畠華宵の美人画に似た双子は、幸いにも母親似のようだ。

「だけど――バシタとったわけですよね」

「小笠原は当時も今も、香具師じゃあねえよ。香具師の憲法とは、かかわりがねえのさ」

香具師の外の世界には、不義理もするし軽んじる。香具師にそういう傾向があることを、健吾も肌で感じていた。健吾とて、もしも盃を交わした子分だったら、江藤勝治から、あれほどの仕打ちを受けなかったかもしれない。

「小笠原が闇ブローカーとしてのし上がってきたのは、女房を取りもどしたい、江藤の兄貴に仕返しがしたいという一心のことだった」

戦後の混乱期は、売るものさえ入手できれば、ブローカーとしていくらでも儲けられた。

香具師は親分子分兄弟分、日本中に義理の縁の網を張り巡らせた巨大な家族だ。元より江藤勝治と親しかった池和田は、東京の闇商売で小笠原と知り合い、その無念を打ち明けられた。

――香具師とは、ことを構えるな。日本中に喧嘩を売ることになるぞ。

池和田はそう忠告したのだが、小笠原は青い顔で声を引きつらせて笑った。うすい上体が風にあおられるような笑い方だった。今にして思えば、初手から江藤勝治の兄貴分である葉村一家を味方につける気でいたから、平気だったのだろう。

「おまえも小笠原に踊らされて、とんだ道化を演じたわけだが——」

そういわれて、健吾はみじめな気持ちになった。

そんな健吾を、池和田は黒眼鏡の奥から見つめた。同情のまなざしだった。

「おれは小笠原の魂胆を兄貴に知らせに来たんだが、後の祭りだった。おれが野郎の企み(たくら)に気付いたときは、全部が終わってた。おまえまで、助かった後だった」

池和田は、江藤勝治と小笠原の真ん中に居て、小笠原が復讐(ふくしゅう)を遂げることも、失敗して制裁を受けることも望んでいない。池和田は、八方丸く収めたいために、わざわざ青森までやって来たのだ。

「小笠原を陥れた最後のからくり、魔法使ひって野郎のしわざだとか？」

池和田の言葉に、健吾は不意をつかれた。

からくりという言葉を、池和田はさっきも使った。池和田は、はなっから、魔法使ひのしたことだと気付いていたというわけか？

健吾は狼狽(ろうばい)する。居るのか居ないのか、鬼か蛇かは知らないが、魔法使ひは命の恩人だ。

そいつを捕まえて罰すれば、葉村の親分は納得する。小笠原は助かる。

しかし、そんなことはさせられない。

池和田にとって小笠原が〈ともだち〉ならば、健吾にとって魔法使ひが〈ともだち〉なのだ。

「魔法使ひだなんて、だれから聞いだんですか？」

ハナ子やテフ子がいうはずもない。いや、テフ子なら興味半分に漏らすだろうか？　葉村の隠居がしゃべり散らすか？　隠居の使用人が立ち聞きでもしていたのか？　池和田は小笠原に魔法使ひのことを知らせたろうか？　葉村の親分にまで、知られてしまっているのだろうか？

「魔法使ひなんて、夢物語ですよ」

「しかし、おまえは魔法使ひと聞いても、驚かなかったなあ」

「………」

健吾は、今すぐにでも池和田の前から逃げ出したくなった。

小笠原と江藤勝治の因縁を知っても、安保の死については五里霧中である。

今やそれに優先するのは、魔法使ひに危険を知らせることだった。

＊

御用聞きに変装した。

ぶかぶかのハンチングを目深にかぶり、屋号の入った前掛けを腹に締めて、帳面を片手に、健吾は江藤家の勝手口をたたく。

内心では肝が縮んでいる。それでも、後には引けなかった。魔法使ひへの義理である。いや、健吾を助けた魔法使ひが咎められたら、おのずと健吾も同罪となるだろう。格好の良いことはいえない。結局は保身なのだ。

少し軋んだ木の引き戸が開いて、顔を出した女中のツネは、死人が生き返ったのを見たように、口をぱくぱくと動かした。

「ハナ子さんに会いたいんだけど――」

しまいまでいわないうちに、ツネは押し殺した声で健吾を叱った。

「あんた、よくもこの家さ顔を出せたものだ。この裏切り者のペテン師めが――」

親分をだました悪党（小笠原）の手先。この年かさの女中のところでは、そこで情報がとまっているらしい。

「ハナ子さんは居ねえ。留守だ。とっとど帰れ、このペテン師」

塩をまいて追い立てようとするのを、健吾は努めて柔和に押しとどめた。

「ハナ子さんには、教えてもらいたいことがあるんだ。それば聞いだら、すぐ帰るよ。……んでねえば……」

ツネに手引きをされて家に入れてもらったと、親分に申し開きする。

そう聞いて、ツネは怖気をふるった。

健吾の顔を見たときと同様、むやみに口をぱくぱくさせてから、すごい顔で睨んで奥へと引っ込んだ。

ツネがもどる前に、大きな図体(ずうたい)の子分がつまみ食いをしに現れて、肝を冷やした。竹夫という勝治親分のお気に入りで、蔵に閉じ込められたときは、この男にもずいぶんと痛めつけられた。

「おう、どこの御用聞きだ？」

変装がバレなかったようだ。竹夫は気の良いたちなので、わざわざそんな声を掛けてくれる。

「洗濯屋です」

「そうか。おツネは、居ねえのな？」

「あの、今、奥さまの所さ行ってるみたいで――」

「せば、少し待ってろじゃ」

竹夫は花林糖(かりんとう)をもぐもぐやりながら立ち去った。

入れ替わりに入って来たツネは、竹夫を見て顔をこわばらせ、後ろからついて来たハナ子にすがるようなまなざしを投げた。さほど上手い変装とも思えなかったが、ハナ子は竹夫と同様、勝手口にたたずんでいる御用聞きの正体がわからずきょとんとした。

台所に三人だけになると、健吾はようやくハンチングを取って笑顔になる。

「あら」

大胆な現れ方を面白がってから、ハナ子は廊下と勝手口の引き戸に目を走らせた。

「ツネさん、見張りを頼める？」

「かしこまりました」

ツネが廊下に消えるのを待って、健吾はハナ子に向き直った。

「お嬢さん、一つ教えてもらいたいことがあったんです」

「なにかしら」

ハナ子は、つい今しがた、竹夫がつまみ食いした花林糖を花紙に包んで健吾に差し出した。それを受け取って、健吾は実際の御用聞きの少年のように恐縮し、はにかんで笑った。

「魔法使ひは、どごさ居るんですか？」

ハナ子はハッとした顔になり、小さくかぶりを振る。

廊下でまた足音がした。

「ハナ子お嬢さん」

ツネの押し殺した声が、ハナ子に警告をよこす。

健吾はハンチングをかぶり直して、それから早口にいった。

「小笠原が、魔法使ひのしわざを恨んで仕返しをしたがってます。危険ば教えてやりたいんです」

それを聞いて、ハナ子は事情を理解した。

「青柳のバラックです」

そう告げたハナ子の固い表情に、暗い疑問の色があった。

――安保さんのことは、もうお諦めになって。

わざわざ訪ねて来て、いわれた言葉が、今は口を引き結んだ美しい顔に再び浮かんでいる。何か答えなければと思ったが、江藤勝治が台所に姿を現したので、健吾は逃げるように勝手口から消えた。

3

健吾は着替える手間を惜しんで、御用聞きの格好のまま東の方角に向かった。江藤の屋敷がある本町から、目的の青柳までは思いがけないほど近い。どちらも日暮れを過ぎてからが息を吹き返すような街だから、まだ明るい時分の通りにはどこやら不良娘の寝ぼけ顔を思わせる、白けたさびしさがあった。

（ここか）

岩場に密集するフジツボのように、バラックの群れが堤川の河口近くの空き地を占領していた。

悪臭と喧噪（けんそう）と、絶望とどん欲さが、瘴気（しょうき）のごとく立ち上っている。そんな場所だ。

母と二人で、ラジオ屋の二階の一室に間借りしている健吾だが、その決してめぐまれているわけではない我が家が、このバラック群に比べれば御殿のように思えた。

それでも小屋と小屋の隙間に七輪を置いて鍋をかけ、何かしらを食わせる店を開いていたりする。ほかにも、床屋、荒物屋、一杯飲み屋に、占い師まで居た。

店のない一角では、若い女が、洗濯したズロースを恥ずかしげもなく干している。

ついつい眺めていたら、怖い顔で文句をいわれた。いかにも気の強そうな、顎のしゃくれた小柄な女だ。化粧はしていないし、気取らないアッパッパーを着ているが、ちりちりとパーマネントを当てた髪を見れば、パンパンだとすぐにわかった。

健吾の視線が、女には気に障ったらしい。なるほど、御用聞きの小僧の格好をして来てしまった健吾は、まったく場違いだ。バラックに御用聞きをよこす商人など、居るはずがない。ことによったら、馬鹿にしているのかと、いわれそうである。

「何見てんのさ。剃刀おようば舐めてかがったら、怪我するよ」

二つ名のある姐御ときた。

健吾は両手を広げて降参の合図をすると、無意識にも媚びを含んで笑った。

「魔法使ひば探しているんだ。あんた、知らねえ？　魔術師みたいな担ぎ屋さ」

「…………」

剃刀おようは胡散臭げに健吾を睨んでから、目付きだけで穴ぐらみたいな一角を示した。

「ありがとう」

健吾が嬉しそうに頭を下げると、剃刀およう はちょっと顔を赤くした。それを隠すように、自分の小屋にもどってしまう。となりには、『祈禱、占い』と札を出して、人生訓やら警句やらを、ペンキでやたらとかきなぐったトタンの小屋が建っていた。

「…………」

健吾はそこから数歩ほどの距離にある、出入り口の戸すらない小屋をのぞき込んだ。

無人である。

四畳ほどの広さで、家具らしいものが何一つない。軍の支給品である灰褐色の重たい毛布が一枚あるきり。ほかには、魔法使ひどころか、鼠一匹居ない。こんな場所にはつきものの、人の暮らしの垢じみたにおいすらしなかった。落胆が胸にのしかかった。ここで会えなければ、ほかに手がかりもない。もしか、小笠原に殺されてしまっているとしても、家族もなさそうだし気付く者もあるまい。

「どしたえ？」

声を掛けられて、驚いて振り返った。

戸外の光を背景に、襤褸を重ね着した初老の女が立っていた。これが魔法使ひかと思ったが、女は顔の前で手を振った。

「おめえが来るのは、わがってだよ。今朝の夢さ現れだからな。担ぎ屋ば探しに来たのな？　――それとも」

振り向いた健吾に、女は前歯の欠けた口で、にんまりと笑いかけた。

「カミサマ！」

さっきの剃刀おようが、咎めるように女を呼んでいる。

青森では、祈禱師や占い師を「カミサマ」と呼ぶ。

八百万の神とは関係ない。標準語で「神さま」というように「カ」にではなく、「サ」にアクセントを置く。この老いた女は、生業がそのまま呼び名になったカミサマらしい。

「カミサマ。よそ者さ、しずがるな（かまうな）じゃ」

怒ったおように乱暴に腕を引っ張られながら、カミサマは健吾の顔を見据えた。

「それとも、おめえ、死んだ親友さ会いたくて来たのな？」

（この小母さま、安保のことを、しゃべっちゃあのな？）

健吾は百円札をカミサマの手に握らせた。シナソバを五杯も食える金額だ。

「駅のプラットホームさ行ってみろ。連絡船が着くプラットホームだ」

カミサマは、黄色い歯を剝きだした。

「プラットホーム、だな」

そこに行けば、死んだ安保に会えるというのか？

安保が殺された理由がわかるというのか？

それとも、駅に行けば魔法使ひに会えるというのか？

＊

青函(せいかん)連絡船の桟橋に続く、一番線のプラットホームは、勤め人や旅行客よりも、巨大な背嚢や風呂敷包みを背負った担ぎ屋たちが多くひしめいていた。今日の商いを終えた行商人が、やはり大きな行李(こうり)を風呂敷に包んで、うつむいて歩く。女衒(ぜげん)らしい小狡い顔の中年男が、頬(ほ)っぺたの赤い田舎娘を連れ、連絡船の待合室に向かう姿もあった。――ＧＨＱの肝入りで娼妓の廃止が謳(うた)われたが、実際には前借金で娘を売り買いする現実は少しも変わっていないのだ。

少女の不安そうな横顔に同情を覚えて、とぼとぼとした足取りを目で追い、ふと我に返って視線をもどす。

三メートルほど離れた場所に、長身の男が立っていた。

一瞬前まで確かに居なかったのに、まるで紙芝居に一枚の絵を挿入したみたいに、その男は出現した。さもなければ、幽霊が現れたかのように。

（魔法使ひだ）

そう確信した。

その不思議な担ぎ屋は、甲号の国民服を、釦をはめずに着て、シャツの下の筋肉が見てとれた。ひょろ長い脚を無造作に広げて立っている。髪の毛は無精らしくいい加減に伸びていて、生来が縮れ毛なのか、西洋の古い絵画に描かれた聖人を連想させた。女たらしで鳴らした健吾が、不覚にもまたぐらがズキンとうずくほど、顔立ちが整っている。

男に欲情したのは、初めてだ。

それにはまったく驚いたし、恥じ入ったこともあって、担ぎ屋と少し離れた場所で対峙している者に気付くのが遅れた。

こちらも背高だが、胸がうすくてなで肩の、いかにも腺病質な体格を派手な仕立ての背広に包んでいる。どこか魚か昆虫を思わせる表情のない目が、まっすぐと担ぎ屋を見ていた。

見まがうはずもない、闇ブローカーの小笠原だ。

（この野郎――）

カッと頭が熱くなる。

担ぎ屋に警告を発するのも忘れた。

あやうく飛び掛かりかけて、つんのめった。

まるで結界が張られたかのように、健吾はその場から動けなくなったのだ。

行きかう人の影は、とばりの役目を果たした。皆生きて、動いている人間なのに、まるで幽霊のように——川を流れる水のように、健吾と二人とを隔てた。

雑踏から音が消えてしまったのは、どうしたわけだったのだろう。

おかげで、担ぎ屋と闇ブローカーの間で交わされる言葉が、まるで魔法のように健吾の耳に、はっきりと届いた。小笠原が、担ぎ屋に放った声は、大きくもなくよく響いたわけでもないが、息づかいまでも正確に聞き取れた。

「背丈が六尺（約百八十センチ）、目方が十六貫（約六十キロ）の、男の死体を用意しろ。金はほしいだけくれてやる」

小笠原がそういった。

（男の死体？）

小笠原は担ぎ屋に報復するのではなく、客として取引しようというのか。

六尺に十六貫。

健吾は小笠原の体格に目をやった。

六尺に十六貫とは、まるで小笠原自身のことをいっているようだ。

健吾は突然、了解した。

そっくりの死体は、小笠原の身代わりだ。つまり、この男は、葉村一家との関係修復をあきらめた。死体を自分に見せかけて、逃げるつもりでいるのだ。

日本中にある闇市は香具師の独壇場だし、その人脈は全国に及ぶから、この先は闇ブローカーという稼業で居るのは難しいだろう。それでもどうでも、東京に逃げ帰ることだけを考えているということか。

「明日の午前一時、安方（やすかた）の赤煉瓦（レンガ）の廃倉庫で待っている」

小笠原はそれだけいうと、汽車の乗降客にまぎれ、階段に向かって立ち去った。

担ぎ屋は、まだ動かずに、その場に居た。

江藤組の周りをうろちょろして、ヤバイ取引はいくらか見てきたが、健吾はそのいずれともちがう不気味さを感じていた。小笠原が求めているのが、自分の身代わりの死体だということが実にいやだ。まるで人外魔境の商いを見てしまったような気分である。

いや、健吾はやっぱり小笠原の魂胆が、わからない。せっかく担ぎ屋を見つけたのだ。江藤をごまかして逃げるよりも、担ぎ屋の身柄を差し出して和解した方が得だろうに。

油断するな……油断するな。小笠原は、さっき何といった？

——金はほしいだけくれてやる。

用意した金を使い果たした小笠原に、まだそんな金があるとは思えない。

逆の意味ではないのか。つまり、金を払うつもりはない——ということだ。

(あの野郎、きっとまだ何か企んでやがる)

担ぎ屋の顔がこちらを向いた。

雑踏の音は、まだもどっていない。

無音の人の流れ越しに、担ぎ屋は健吾を見て、いった。

「いづまで、そうしている気だ」

「あ——あの」

健吾はまったくどぎまぎした。いいたいこと、聞きたいことは百もある。口がひとつしかないのが、もどかしい。

「なして——なして、おれば助けてくれだんですか？」

「そうするように頼まれだ」

そういったなり、歩き出す担ぎ屋に、健吾は追いすがった。

「今のやつの頼みば聞ぐ気ですか？」

担ぎ屋は足を止めたが、前髪越しにこちらを睨んだだけで何も答えなかった。

健吾は、必死だった。小笠原は信用できない。だから、この男を助けたい。そして、健吾はもう一度助けてもらいたい。安保を殺した犯人を見付けてもらいたいのだ。

「小笠原は——今のやつは、あんたば恨んでいる。葉村一家に渡した小麦粉が石灰に変わって、小笠原の計画は丸つぶれだ。おまけに、葉村一家から命までねらわれているんだ。そうなったのは、あんたがおれば助けたからだべ。だから、小笠原はあんたのこと、逆恨みしてるはずだ。あんなやつと取引なんかしたら駄目だ」

「おめえに、心配してもらう必要はねえ」

プラットホームを行きかう雑踏は、またしても魔術のように実体と音とを取りもどす。

おれは怪物に化かされている。目の前に居るのが、その怪物だ。頭の半分はそう思うのに、健吾はまだ担ぎ屋のことが案じられてならない。

「でも——でも」

どうしても、担ぎ屋とこのまま離れてしまうのがいやだった。健吾は、飼い主に再会した犬のように、担ぎ屋にまとわりつく。そして、心をふりしぼるようにしていった。

「おれのともだちば殺したヤツを、連れで来てください」

「それは、おれの仕事でねえ」

担ぎ屋がそういって、初めて笑った。思いがけないやさしい顔だ。

「殺したのは、小笠原だっていう人が居るんです。だけど、おれは……」

何をいおうとしているのか、健吾自身がわからなくなった。

うつむいて顔を上げたとき、担ぎ屋はもう階段の半ばあたりをのぼっていた。急ぐでもないその後ろ姿を、健吾は慌てて追いかけた。

*

深夜の廃倉庫を、アセチレンランプの赤い光が照らしている。

小笠原の長身は、地面から起き上がった影法師のように見えた。医者が持つような革の鞄(かばん)を携えていたが、持ち上げる動作から中身は軽そうだった。

白い蛾(が)が何匹も飛び回って、ランプにぶつかって落ちる。

健吾は小笠原が現れるずっと前から、打ち捨てられて錆(さ)びたドラム缶の陰に隠れて待っていた。

結局、駅で担ぎ屋を見失ってしまい、青柳のバラックに行っても会えなかった。

小笠原が何か企んでいるのなら、現場で止めるよりないと、そう覚悟して来た廃屋は、音という音、気配という気配を、ぬぐい取られたような無音の闇だった。

小笠原は日付が変わった時刻に現れ、ランプをともして、壊れた椅子に腰かけた。

それから小一時間、まるで彫刻のように微動だにせず担ぎ屋を待ち続けた。

これには健吾が、参った。身じろぎ一つすれば、こちらの気配が伝わってしまう。いやおうもなく、健吾自身も置物のようにじっとうずくまっている。しだいに、尻の筋肉がヒクついてきた。夜気のせいで、小便にも行きたくなった。

劣化したコンクリートの表面が、くだけて砂利のようにちらばっている。疲れて手を床につくと、それがざらざらと皮膚に刺さった。

一時間が経過して、ようやく小笠原の黒い姿が動いた。

持参した鞄の口を開けると、握りの付いた金属製の道具を取り出した。アセチレンランプの明かりを透かして、回転式拳銃だとわかった。陸軍が支給していた十四年式ピストルのようだ。

（やっぱり、魔法使ひを殺す気なんだ――）

健吾は、自分が無謀にも丸腰でやって来たことを今更になって悔やんだ。さりとて、健吾は喧嘩をするより逃げるが勝ちと心得ているから、ナイフすら持ったことがない。

（どうする――）

身動きすらできずに、目ばかりきょときょとさせた。

このままでは、担ぎ屋が殺されてしまう。

そう思ったとき、靴音が聞こえた。それは時計のような正確なリズムで、近付いてきた。

午前一時に寸分の遅れもなかった。担ぎ屋が来てしまったのだ。

小笠原は立ち上がる。

ピストルを持つ手は、引き金に指がかかっている。

健吾はドラム缶の陰で立膝をつき、いざとなったら飛び出して行こうと、悲壮な覚悟を決めていた。

アセチレンランプの光の届く場所まで来て、待ち合わせの相手が拳銃を構えているのを見ても、担ぎ屋は動じなかった。さりとて、注文された十六貫の男の遺体は、どこにも見当たらない。

「死体はどうした――死体はぁ！」

小笠原は頭のてっぺんから抜けるような声で怒鳴った。白昼のプラットホームに居たときは、極力、感情を抑えていたのだろう。健吾をだましたときも、また然りだ。自分の独壇場として選んだ真夜中の廃墟(はいきょ)では、小笠原はひどくヒステリックだった。

「おれを舐めるなよ。きさまのペテンの落とし前は、ここで付けさせてやる」

赤い光の中で、頬のこけた小笠原の横顔が、醜悪な悪魔のように見える。

担ぎ屋は無言だ。

それで調子に乗ったのか、それとも逆上したのか、小笠原はさらにいいつのる。

「きさまを殺して燃やしてやる。背丈は同じほどだ。きさまは、おれの身代わりに
——」

死ね。

そういって、引き金を引いたとき、健吾はやみくもに飛び出していた。

「なして、安保ば殺した！」

引き金を引ききる刹那の間、小笠原は予想外の伏兵に動顚(どうてん)し、銃口をこちらに動かした。

小笠原の顔に、異様な表情が浮かんだ。憤怒(ふんぬ)と憤慨。

ゆがんだ口は何かをいいかける。

同時に轟音が響き、健吾は自分が撃たれたと思った。

しかし、血を噴き出して倒れたのは小笠原自身だった。

ピストルが暴発したのである。

倒れるより先に、両目と口を大きく開いた形相で、小笠原は絶命していた。

「……！　……！」

健吾はその場にへたり込んで、自分の無事を確かめるように、両手を胸に当てる。

息をするたびにノドが鳴り、心臓が躍っていた。

「六尺に十六貫、男の死体は用意したが、報酬は払えねえが」

担ぎ屋は眉根にしわを寄せて死骸を睨むと、ひどく不機嫌にいい捨てる。

健吾はその意味を察した。

「せ――せば、最初っから……」

小笠原が六尺十六貫の男の死体を所望したとき、担ぎ屋にはこの結末が見えていたのか。それが、小笠原自身の死体だと知っていたから、担ぎ屋は手ぶらで現れたのか。ピストルを暴発させたのは、担ぎ屋の力なのか。

「来い」

担ぎ屋は、健吾の襟首をつかんで戸口へと引き返した。

通りに出るまで、担ぎ屋はその無礼な手をゆるめようとはしなかった。あやうく窒息しかけたとき、道に放り出される。

担ぎ屋は無言で自分のねぐらのある方角へと足を向けた。

連絡船の霧笛が、怪物の咆哮（ほうこう）のように曇った夜空に響いた。

なすすべなく取り残された健吾は、深夜の闇に融（と）けながら、間借りしているラジオ屋まで歩いて帰った。初夏の朝日は、いくばくもたたないうちにのぼった。

小笠原の死体のことが新聞に載ったのは、翌々日のことである。

その半ばまでが野犬に食われていたという報道を、江藤の親分はどんな顔で読んだのだろうと考えずにはいられなかった。

＊

駅前の闇市にある玉屋といううどん屋では、おやじが次々と客をさばきながらも、健吾としゃべりたがっていた。

玉屋の品数は一つ、夏も冬も熱い月見うどんだけである。これが一杯五十円で、いささか高い。それでも客が絶えないのは、美味いからだ。聞けば食えなくなるようなものでも使っているのだろうと、常連は愛嬌顔で悪口をいってゆく。

——出汁さ、ヒトデでも使っちゃんでねえな?

海千山千のおやじは、そんなことをいわれてもビクともしない。

——おらン所の出汁だっきゃ、津軽半島から仕入れた焼干しをずっぱど(大量に)使ってらね。他でだっきゃ、ねえど。

嘘かまことか、それが口癖だ。実際によそでは食えない味だから、玉屋は繁盛している。闇市の稼ぎ頭だ。

「それ、月見うどん一丁」

おやじが、水仕事でふやけた手で、健吾の前に丼を置いた。

健吾は、うどんをすする。

(あのとき、小笠原は何をいおうとしたんだ)

死の瞬間に、である。

小笠原自身は死ぬ気などなかった。健吾を、そして担ぎ屋を殺すはずだった。

「おう、健吾よ。安保俊作が死んだんだってな。殺されたんだっつきゃな。バチが当だったんだな」

おやじは死者を悼むどころか、さも痛快だという顔をした。

安保に何かされたらしく、それを話したくて仕方ない様子だ。玉子の黄身をくずして、汁を飲みながら、健吾は話をうながすように上目で見た。空いた丼を片付け、うどんの玉をゆで、八面六臂(はちめんろっぴ)の活躍をしながら、おやじは話し出した。

「安保がら小麦粉ば一袋買ったんずよ。二十五キロで五百円だ。まあ、闇の値段にしたら破格だから、こっちもホクホクよ。ところが、開けでみだら、これが小麦粉どころか石灰だったんずね」

「石灰？」

健吾の手がとまった。再利用の湿気(しけ)た割りばしから、太いうどんがずるりと落ちた。

「もぢろん、怒鳴り込んだよ。あの男が入り浸っている赤線の――ほれ、暁鳥とかいう汚(きた)ねえ旅館にな。ところが安保は、おれが文句つけたら、自分でもたまげた顔してや。血相変えて、出て行ってまったね。おおかた、おれのこと、ごまがして逃げだんだべな。おれは、もう、悔しくてよ――」

どういうことだ……。

健吾はうろうろと片手を持ち上げ、自分の顎と口のあたりをあいまいに撫でた。

安保は、健吾の知らないところで、小笠原と接触を持っていた。

小笠原のペテンの道具である、小麦粉の包装をした石灰を一袋ちょろまかして、玉屋のおやじに売った。その結果、おやじに怒鳴り込んで来られて、安保は小麦粉の正体を一足先に知った。これを小麦粉だとだまして江藤勝治に売るという、小笠原の魂胆も察したはずだ。

安保の罪は、三百袋のうちの一袋をちょろまかしたこと。

一袋ぽっち、黙っていれば、不足だとばれるはずもない。

だから安保は、秘密を知ったことをだれにも告げなかった。

健吾にも告げなかった。

容易にばれる小笠原のペテンを、健吾に警告しなかったのである。

——血相変えて、出て行ってまったね。おおかた、おれのこと、ごまがして逃げだんだべな。

ちがう。安保は玉屋のおやじをごまかしたのではない。その足で、江藤の親分にご注進に走ったのだ。安保は、江藤組に取り入って稼ぐ立場を、健吾から奪いたかったのかもしれない。何が親友なものか。あの男は初手から敵だったってことだ。

安保を殺す動機を持っていたのは、だれよりも健吾だったのだ。

(でも、おれは殺ってねえ)

われ知らず、呼吸が早くなる。

のどがからからに渇いて、カウンターの上のヤカンから、続けざまに水を注いで飲んだ。

不意のこと、まるで悪魔が忍び寄ったみたいに、女の声が耳によみがえる。

――ねえ。俊ちゃんを殺したのが、もしもわたしだったら、どうする？　俊ちゃんがあんたば裏切っていて、わたしがそれを罰したんだとしたら？　そんなわたしと、駆けずり回ってあんたを助けたハナ子と――。健ちゃんは、どっちが好き？

どこで聞いた言葉だったか――山猫だ。

だれがいった言葉だったか――テフ子だ。

あのとき、健吾はいったのだ。安保が自分を裏切るわけがない、と。

だから、テフ子のいうのを、たわごとだと決めつけた。

しかし、健吾は安保に裏切られていたのである。

ならば、テフ子がいったのは、真実だったのか？

（……いいじゃ）

もう、いい。健吾はそう思った。

安保は親友だから、無念を晴らしたかった。殺人犯を見つけ出したかった。

しかし、安保が親友などではなかったと知った今、健吾は犯人を探す動機を失った。警察も、安保殺しの犯人は挙げられないだろう。安保が憎いとか、それでもやはり可哀想だとか、裏切られた自分が惨めだとか、ことさらに思おうとしても、そんな気持ちには少しもなれない。

もう、どうでもよかった。

なじるにも、仕返しするにも、安保は居ないのだから。

汁の染みついたカウンターに五十円を置いて、店を出た。

闇市のせまい通路を、人にぶつかられながら歩いた。

その先に、この場にはおよそ似つかわしくない、振袖姿の令嬢が立っていた。黒い別珍の巾着袋を抱えて、浮世絵の見返り美人みたいな姿勢で、こちらを見ていた。

第三話　初恋

1

お懐かしい姉さん。一別以来、もう十年以上経(た)つでしょうか。

こうして便りのできる姉さんがこの世に居てくださって、本当に神さまに感謝します。

姉さんがお母さまに連れられて訪ねていらしたとき、うちの者たちはどうしてもっと大切にして差し上げなかったのかと、今さらながらに悔やまれます。あのときは、ご免なさい。わたしは小さくて何もできなかったけれど、それでも本当に申し訳なく思うのです。

去年の青森空襲で、うちは焼けてしまいました。家族も皆、亡くなってしまいました。わたしはあのときの姉さんのお母さまと同じに、天涯孤独となってしまいました。いえ、お母さまには姉さんが居ましたね。たとえ、うちの父に無下に追い立てられようと、娘のあなたがいたのです。それは、どんなに心強いことだったでしょう。そして、姉さん、わたしにもやっぱり、姉さんがいらっしゃいます。今どこで暮らしていらっしゃるのか、それすらわからないけど、姉さんが生きていらっしゃることを、わたしは信じております。ああ、この手紙に姉さんの住所を書いて投函(とうかん)できたらどんなにいいか。訪ねていけたら、どんなにいいか。

　わたしは戦争でみなし子になってしまいましたので、女学校もやめて、今では女中として働いております。わたしを雇ってくださったのは、砂田という中学校の先生です。今では身元の保証人もないわたしのようなものを、率先して雇ってくださるお優しい人たちです。ご夫婦にはお子さんはいらっしゃいませんが、奥さまがお丈夫でないので、家の仕事を手伝う者が必要だったそうです。砂田家は、弘前の砂田呉服店の親類、奥さまがそこの令嬢でいらっしゃいます。だから先生のお給料ではとうていできないような、贅沢(ぜいたく)な暮らしをしていらっしゃいます。贅沢は敵だなんていうのは、もう充分に聞きあきた言葉だから、こんなことを書いても姉さんは許してくださいますね。

砂田家には、広い母屋のとなりに応接用の西洋館があるのですが、今は使われておりません。その西洋館で、わたしは寝起きしているのですよ！　まるでお姫さまになった気持ちで、毎日眠りにつきます。お風呂も内風呂があって、毎日使わせてもらっています。

みなし子になり、女中奉公などしておりますが、テル子は幸せです。

横岡テル子

昭和二十一年　四月　四日

棟方チカさま

バラックを訪ねて来た婦人は、紗の着物に更紗の染帯を御太鼓に結び、うすい足でつゆ草色の草履をはいた三十絡みの美人だった。掃きだめに鶴とはこのことである。ドブロク屋にぽん引き、闇市の番人、にせ易者やパンパンたちは、狼の群れの中に迷い込んだ羊の子でも見るみたいに、舌なめずりせんばかりにこのよそ者を眺めまわした。

視線で着物を脱がすことが出来たなら、婦人はとっくに素っ裸にされていたことだろう。だけど、婦人はその有象無象の怖ろし気なギョロ目に臆しもせず、バラックの中の戸すらない一軒にすたすたと入って行った。そこは、この掃きだめに暮らす貧しい悪党たちが、魔法使ひと呼ぶ男の住まいだった。

「この手紙を書いた人の、亡骸ば持って来てほしいんです」

窓からの明かりも風もとどかない、澱のような熱気の中に、男はうずくまるようにして座っていた。甲号の国民服にゲートルまで巻いて、帽子はかぶらず髪の毛はだらしなく伸びている。探るような上目遣いで見る両眼が、恨むようにも怒っているようにも見えた。

「あの……」

外の悪党どもにはビクともしなかった婦人の強気が、くじけそうになった。婦人は気持ちをはげまして、男をにらみ返す。男は担ぎ屋だった。闇屋にやとわれて商品を工面し担いで運ぶなりわいだが、この男は――。

「な――なんでも、持って来てくれるんですべ？」

「なんぼ、出す？」

担ぎ屋は聞き取り辛いしゃがれ声でいった。犬がうなるような声だった。

婦人は用意して来た百円札の束を、まるで人見知りした子どものように、ぶっきらぼうに突き出した。

「五万円あります」

満足したのか、それとも機嫌を損ねたのか、担ぎ屋は「ふっ」と息だけで笑った。婦人は、この怖ろしいバラックよりも、目の前の悪魔みたいな男よりも、自分の運命が動き出したことに怯え、引きつるのどでひとつ大きく息を吸った。

2

女中の仕事は辛くて休む時間すらないというけれど、砂田家で働く舞子はちっともそんなことなどないと思った。奥さんは手ぬるい……いや、優しいし、旦那さんは、もっと優しい。家の中でも、旦那さんのことは、先生と呼ぶようにいわれた。それは舞子にとってとても嬉しいことだった。

雇ってもらうときは、まるで会社の入社試験みたいに先生と奥さんが二人で面接までした。奥さんは舞子を見て、ちょっと渋い顔をしたが、先生はまったく逆で、舞子の容姿を見て雇うことをすぐに決めたらしい。一昨年の空襲で家族全員を殺され、身元の保証人が一人もいないということなど、先生は全く気にしなかった。

「若くて明るくて可愛い人が働いてくれるだけで、毎日にはり合いが出るものな」

先生がそういったとき、奥さんは笑っていたけど、その笑いがちょっと引きつっていたのを舞子は見逃さなかった。

そのときのことを思うと、舞子はむしょうに愉快だった。彼女は十七歳という、狭量さと無邪気さとが等価の年ごろだ。おのれの性がくたびれた主婦よりも瑞々しいことに、実際以上に喜びを覚え、舞子は勝ったとか負けたとか、そんなことばかり考えていた。

わたしは奥さんよりおなご振りがいい。なんつっても、若えもん。

美人で、こんなご時世でも高い着物ばかり着ている奥さんの、いつもどこかぐったりと疲れた顔を見るたびに、舞子は勝ったと思う。奥さんは優しいけれど、舞子はあくまで従順な女中だけれど、腹の底の底には奥さんへの敵愾心がいつもあった。その気持ちと同じほど、先生を思慕する気持ちがあった。

砂田先生は中学校で社会科を教えている。

砂田家のかまえは、教師の安月給では、とてもじゃないが成り立たないほど豪奢だ。四百坪の土地に大きな住宅があって、西洋館まで建っている。奥さんの実家が弘前にある有名な砂田呉服店で、奥さんはそこの次女なのだ。だから、先生と恋仲になったときも、こんな安月給の甲斐性なしに娘をくれてやるわけにはいかぬと、砂田家の親族は猛反対したらしい。それでも奥さんはおとなしいくせに、これと決めたらテコでも動かない性格で、このままでは駆け落ちでもしかねないと家人は危惧した。それで、双方いたしかたなく、先生が婿養子になることで決着がついた。

先生、可哀想だじゃ。

舞子はそう思う。

先生が一家を構えてからも、奥さんの実家からは給金の何倍もの仕送りが続いている。男の矜持などあったものではない。だけど、とにもかくにも、お金持ちの家で働くのは、特典がいっぱいあった。先生夫妻は母屋で暮らしているのだが、舞子は雇われたその日から西洋館で寝起きするようにいわれたのだ。

「あれえ、お城みたいだじゃ」

舞子は、飛び上がるほど驚いた。そして、喜んだ。女中といえば、どんなに羽振りの良い家でも、玄関横か台所のとなりの二畳間か三畳間しかあてがってもらえないからだ。

「家ってものは、人が住まねば傷むもんだはんでの。舞子さん、寂しいべばって、洋館の方さ住んでの」

奥さんはさも申し訳なさそうに、そういったものだ。当然の流れで、舞子は西洋館の掃除と空気の入れ替えが仕事のうちに加わったけど、ここに住める嬉しさに比べたら、そんなこと苦でもない。

西洋館の舞子の部屋は、六畳間の広さがあって、二階の客用の寝室として作られた場所だった。洋風の鏡台を使い、寝台で寝る。まるでお姫さまのようだと、舞子は思った。

舞子の私室のとなりには十畳の応接間がある。空き家同然の屋敷だから調度には白い布が掛けられているのだが、シャンデリアがあって、革張りの応接セットがあって、むかし絵本で見たようなキノコみたいに可愛い電気スタンドがあって、ここが人で賑(にぎ)わっていたなら、さぞかし素敵だろうと思う。

そんな中になぜだか知らないが、古くて立派な長持(ながもち)がデンッと置いてあった。壁紙も、家具もエレガントな応接間の中で、真ん中に鎮座する長持だけが異質である。まるでこの優雅な応接間を不法占拠しているならず者みたいだ。でも、舞子はこの長持のことも嫌いではなかった。なぜなら、蓋のすきまから、えもいわれぬ良い香りがして、応接間中に、いや西洋館中に広がっているのだ。

「ああ、夢みたい、天国みたい。この西洋館で先生と二人で暮らせたなら――」

奥さんは楚々(そそ)とした美人だけど、わたしの方が若くて元気が良くて可愛い。

奥さんは優しい人だけど所詮はお嬢さんだ。わたしの方が気が利いて家の切盛りが上手い。

何かにつけて奥さんと自分を比べては、舞子は競争心を持った。

それが決定的になったのは、遅い津軽の夏が来たころのこと。単衣に着替えた袖口に吹き込む風が、まだ少し寒かった。朝から続く雨で西洋館の窓ガラスを伝う雨粒が、おどろおどろしい模様を描いている。いつもより早く仕事からあがった舞子は、風呂を使わせてもらって、早目に床についた。雨降りはむかしから嫌いだったが、戦争のせいで天涯孤独になってからは、なおさら気持ちがくさくさするようになっていた。

「寝てまれば、明日になるじゃ」

寝間着を着て、夏掛けのうすい布団にもぐりこんだら、丁度よく眠気が降りてきた。

そのまま寝入ってどれくらい時間が経ったときだろうか。

からだがじんじんするような、痛いような熱いような快感を覚えて、目が覚めた。

そして、からだが動かないことに驚愕した。

はっきりと、男とわかる相手がからだの上に乗って、舞子の寝間着の前をはだけて胸を揉みしだいているのである。

「ああ」

悲鳴が出たが、それはかつて経験したことのない快楽に堪らずあげる、よがり声になってしまった。

「静かに——静かに、舞ちゃん」

舞子の上に居る男は、そういった。信じられないことに、それは先生だった。

夜這いだ——。

言葉だけは知っていたけれど、そのことに気付くまで何秒かかかった。それより先に、先生にからだを触られている、気持ちの良いことをされている、という事実が頭の中でいっぱいになった。吃驚して——だけど、愛しくて、嬉しくて、気持ちよくて、舞子は有頂天になった。緊張のせいで動かない人形みたいにカチコチになって、舞子は先生がすることの続きを待った。先生は舞子のからだをすっかり裸にして、夫婦がするのと同じことをした。

「二人だけの内緒だよ、舞ちゃん」

全部のことが終わった後、先生は舞子に接吻して優しくそういった。

先生は雨の中を母屋に帰って行き、舞子はもっと気持ちよさそうにすればよかったと後悔した。もっと可愛い声を上げればよかった。でも、最高に幸せだった。

それから、一週間のうちに二回、三回……毎日と、先生は夜中にやって来た。

舞子は最初みたいに緊張することもなく、あられもない姿態で先生を誘って喜ばせた。

土用の日は晴れて、舞子は先生の洋服の虫干しをした。この洋装に包んだ下にはどんなからだがあって、自分がそのからだとどんなことをしたか、されたか、思い出すと笑みがこぼれてきた。日光の下で真っ赤になって働いていたら、奥さんが気の毒がって、サイダーを飲ませてくれた。

「おいしいです、奥さん」

満ち足りていれば、気持ちも優しくなるものだ。前までは、心の底で敵愾心を燃やしていた奥さんに対しても、舞子はいつもよりよけいに愛嬌を振りまいた。そして、いつもよりもはりきって働いた。

夕飯の片付けをして、主人夫婦の後で風呂を使わせてもらい、三人でスイカを食べた。

昼間に働き過ぎたせいで、ともすれば眠りかける舞子を見て、奥さんは笑った。

「舞ちゃん、今日は早く休みなさい」

「はい」

西洋館に引き上げる舞子の後ろで、先生と奥さんが珍しく笑いさざめいていた。舞子の胸には嫉妬がわいて、西洋館に続く石畳を、下駄の歯で蹴飛ばすようにして歩いた。形良く刈りこんだ松の木が、闇の中では鈍重な怪物のように見えた。怪物の腕の間を、蛍が明滅しながら舞っている。

「なにさ、奥さんなんてさ……」

古い鍵で扉を開け、施錠せずに階段をのぼった。先生が来てくれるかもしれないから……。

舞子は自室に入り、寝台に倒れ込んだ。奥さんのいったとおり、張り切り過ぎて子どもみたいに疲れてしまったようだ。先生の洋服だからこそ、きれいにしようと頑張ったのだ。それなのに、先生は奥さんとあんなに楽しそうにして。

「奥さんだなんて、居なくなってまれ――」

口に出してつぶやいて両手を伸ばした。爪の先が寝台の頭架に当たって、カツンと音がする。そのまま枕をおしやって伸びをしたら、マットレスと頭架の隙間に手が入った。指先が異質な感触を探り当てる。

改めて起き上り、電灯を点けた。戦争が終わって何が良かったといって、灯火管制などなく夜でも思うままに部屋を明るくできることだ。白熱灯のキリキリと目に食い込んでくるような光に顔をしかめ、舞子は改めて寝台の隙間をのぞき込んだ。マットレスにもたれかかる格好で、そこにはうすい本が挟まっていた。

『女中訓』

女中の心得や、仕事の要領などをまとめた本で、むかしからいろんな版元から出版されている。いわく、「容易に腹を立てない、他人をうらやまない、時とものとをむだにしないように働く」「一日の役目がすんだら、静かに座ってわが身のことを考えなければならない」

「なにさ」

舞子は反抗的に口をとがらせて、本をにらんだ。女中らしく賢しくするようにと、奥さんが買って置いたものか。ぱらぱらとめくったら、写真が一枚落ちて来た。きっと昭和十九年に、ねぶた祭が復活したときのものだろう。空襲で焼けてしまった善知鳥神社が、まだ立派に建っている。鳥居の下で、菊の柄の浴衣を着た若い女が笑っていた。

顎がちいさくとんがっていて、鼻は低いが形がいい。目は切れ長で、眉毛がうすく、小さいくちびるは開きかけの薔薇のようだった。それはまるで姉妹のように、舞子に似ていた。やせて、でも胸と腰回りに女らしい肉のついたからだも、舞子に似ていた。

この女、きっと、先生と寝た。

舞子の第六感が、そう察した。

この女が雇われたときも、先生は会社の試験みたいに面接をしたはずだ。この顔が先生の好みなのだ。

カッと、嫉妬の熱が頭をめぐる。からだで覚えた先生の愛撫の感触を、芯でおぼえた先生の男根の感触を、この女は舞子と同じく知っているのだ。

「……くうっ！」

こぶしで枕をたたいた。写真を破ろうとして、けれどなぜか手がとまった。感情が破裂して悪い空気が抜けたみたいに、舞子は急な眠気を感じた。

われ知らず仏頂面になり、写真を『女中訓』のページにはさむと、表紙をめくり、裏表紙をめくった。本は丁寧に扱われていたようだが、何度も繰り返し読んだあとが、ページのくせとなって残っていた。

馬っ鹿じゃなかろうか。

女中を見下すみたいなこんな本を、後生大事に何度も読み返すなんて気がしれない。

　つまんねえ女。こったら女、わたしの敵じゃない。

　裏表紙に、持ち主の名前が書いてあった。

　横岡テル子。

　万年筆を使ったきれいな字だ。その上に、鉛筆書きで変なことが書いてある。

　助けて。

「なにこれ――」

　横岡テル子――助けて。

　敵と決めた相手だから、それが窮地に立たされているらしい書き込みに、舞子は溜飲を下げた。「ああ」と大きな声に出してあくびをし、電灯も消さないまま、枕の上に頭を置いた。睡眠の混沌が、舞子を包んだ。

　夜のうちに目覚めたのは、体の芯を揉まれて心地良かったからだ。

　電灯は消えていた。寝台の上には、先生が居た。暗くて顔は見えないけれど、体が覚えてしまっているのだ。

「起きたのか？」

「眠ってる人とこういうことするのって、どう？　死んだ人とするみたい？」

どうしてそんなことをいったのかわからない。舞子は不吉であくどい冗談をいった。

先生は少しだけ声をたてて笑って、舞子の中に精を流し込んだ。

舞子はのけぞり、裸の肩を震わせる。働き者だが、細くて華奢で瑞々しい肩だ。

「先生、横岡テル子ってだれ？」

「ん？」

先生の顔が、窓辺に居る蛍の光で、蒼く照らされた。先生の白目がやけに大きく見えた。

「前に居た女中だ」

「その人とも、こういうことしたべ？」

「………………」

返事の代わりに、敏感になっているところを撫でられて、悲鳴を上げた。

「――なして、辞めたの？」

「なしてかな？　ふらっと出て行って、それっきり帰って来なかった」

「いつ、出て行ったの？」

「家内がお産で実家に帰ってた頃だな」

「え、奥さん、お産したの？　赤ちゃんは？」

驚いて問うと、先生の声が暗くなる。

「死産だった」

「そうだったの。先生、堪忍して」

申し訳のないことを訊いてしまったと思って、舞子は謝った。

先生はあお向けになって膨らみの消えた舞子の乳房の上に、顔をふせる。舞子は何だか堪らない気持ちになって——同情とか愛情とか——嫉妬とか優越感とか劣等感とか競争心とかがごっちゃになって、先生の頭を掻き抱いた。

「先生、奥さんと別れらいね？　わたしと結婚したら、子どもば死なせないで、ちゃんと産んであげるよ。もっと快適しい小さい家さ住んでさ、親戚だのさ大きい顔させねえもん。わたし、先生さだば、なんぼでも尽くすよ」

「んだな」

先生は顔を上げると、蛍の窓明かりで舞子の顔を見た。

そして、息がつまるほど長くて強い接吻をした。くちびるを、食い取られるかと思った。

3

七月三十日は、先生は受け持ちの生徒たちを下北半島の薬研にある野営場に連れて行くというので、夜も留守だった。暑い夜で、奥さんと二人だけで夕食の膳に向かっても、何も話すことがなかった。どうしてか、奥さんもいつになくムッツリしていて、一言も話しかけてこない。

「ラジオ、つけますか？」

茶簞笥の上のラジオの方に立ったら、奥さんは顔もあげずに低い声を出した。

「食べてる最中に、行儀悪うごすよ」

「はい……すみません」

先生が留守で、食欲がない上に、奥さんの機嫌も悪いなんて、最悪だ。

その夜は早く西洋館に下がったのだけど、いつも閉めてある鍵が開いていたので、舞子は驚いた。今朝、出て来るときは確かに閉めたはずだった。

泥棒でも入ったんでねえべの？

気味が悪かったけれど、奥さんの不機嫌を思うと、母屋にもどって報告する気にもならない。だいたい、奥さんはどうしてあんなに機嫌が悪かったのか。やましいところがある舞子は、何を考えるにつけても、いやな結論にたどり着いてしまう。

あれこれと思案しそうになる気持ちをわざと押し殺して、舞子は開け放しておいた窓を次々と閉めて回った。ドアを開け、電灯を点けて窓を閉め、電灯を消して次の部屋に行く。それを繰り返して、応接間に入ったとき、人の気配を感じた。

「誰かいるんだが？」

思わず震え声が出た。

電灯は消したままの方が良かったのかもしれないが、反射的に点けてしまった。

長椅子の陰に、ゲートルを巻いた男の足を見たように思った。

慌てて電灯を消して部屋を出ようとしたら、消したばかりの電灯がまたたいた。

舶来のシャンデリアの、煌々（こうこう）とした明かりの下に、奥さんが居る。母屋からこっちに来た舞子の後を追って、奥さんもすぐに西洋館へとやって来たらしい。今日一日、目を合わせようとしなかった奥さんは、今はまっすぐ射貫くみたいに舞子の目を睨みつけていた。

「舞子さん、今すぐ荷物ばまとめて出て行ってちょうだい」

「え」

いつもより太くて怖い奥さんの声に、舞子は驚いた。

失敗った。

そう思ったけれど、先生とのことを、気取られてしまった。

からだで覚えた先生の愛情は、舞子の中では、臆する気持ちが不思議なくらい起こらなかった。先生に愛されているのは自分であるという気持ちが、何より絶対に確かなものだ。この世でただひとり、

「いやです。わたしのこと嫌いだんだば、奥さんが出ていげばいいっきゃ！　先生の愛情は、もう奥さんさだっきゃねえもの！　わたしが新しい奥さんになるんだ！」

奥さんが手を振り上げたので、打たれると思った。

でも奥さんは、振り上げた手を震わせながらも胸の前までおろす。歯の間から息をして、懸命に感情を押し殺しているようだった。そうしながら、奥さんは舞子の目の前に一通の封書を突きつけてよこした。切手も貼っていない、だけど封が切られた手紙だ。

お懐かしい姉さん。

この手紙を届ける住所番地がわからないことが、どんなに口惜しいかわかりません。

いいえ、わたしは口惜しいんでなくて、怖いんです。怖くて、怖くて、たまらないんです。姉さんに助けてもらいたいんです。

姉さん、わたしは愚かな女です。この家の先生と間違いを犯してしまいました。だけど誓っていいます。わたしが望んだことじゃないんです。わたしは抵抗できずに、先生のお妾のようになってしまったんです。奥さんは気付いていません。気付いていたとしても、わたしが怖いのは奥さんではありません。

今月、月のものが来ませんでした。先月も来ませんでした。お医者に行ったら、お腹の中に赤ん坊が居るといわれました。わたしはひょっとしたら、先生が喜んでくれるんではないかと思って、わたしを新しい奥さんにしてくれるんではないかと思って、お医者にいわれたとおりのことを報告しました。

先生は少しも喜びませんでした。あんなに怖い顔をした人を、今まで見たことがありません。今朝、先生は西洋館の寝室にわたしを閉じ込めて、出られないようにしてしまいました。このままでは、きっと殺されてしまう。わたしに赤ん坊ができたせいで、先生はわたしを殺すしかないんです。わたしが居ては、奥さんの実家に顔向けできないんです。

さようなら、姉さん。

姉さんが親子でうちを頼って来た日、冷たく追い返してしまって、きっと罰が当たったんだと思います。ひょっとしたら、姉さんは本当はもうこの世に居ないのかもしれない。それはきっと、わたしたち家族のせいです。その家族も皆死んで、わたしもこうしてみじめに殺されようとしています。

だから、あいこだと思って、わたしたちを許してください。

本当にごめんなさい、姉さん。

昭和二十一年　七月　三十日

横岡テル子

棟方チカさま

「なんですか、これ」

舞子は手紙から顔を上げると、憤然と奥さんをにらんだ。

横岡テル子とは、『女中訓』の持ち主の名だ。やっぱり先生と寝ていたのだ。そう思うにつけても、悪い冗談みたいな話ではないか。先生は、横岡テル子は出て行ったのだといっていた。きっとこの手紙のとおりの被害妄想に陥って、勝手に騒いで、勝手に怯えて、出奔したにちがいないのだ。

だけど、舞子は手紙を持つ自分の手が震えていることに気付いた。いや、手だけではない。全身が震えている。暑い夜だというのに、悪寒がしてたまらない。手が冷たくてたまらない。怖くて？――たまらない。

長持から冷や冷やと香る芳香が、氷の花のように鼻孔をくすぐった。

視線が長持に定まると、どうしてなのか目が離せなくなる。

奥さんは舞子から手紙を受け取り、ていねいに畳みなおすと、懐中に納めた。

「さあ、早く、この家から出て行きなさい」

横っ面を張るような強い声だった。手紙の内容は、舞子をただ混乱に陥れるだけだった。奥さんのいいようは、嫉妬に狂った女の理不尽な要求にしか思えなかった。舞子はほとんど何も考えられず、ただ頑として首を横に振った。

「いやです！　先生は奥さんでなくて、わたしば選んだんだ！　奥さんが、なんぼ口惜しがっても、わたしは出て行がねえ！　先生さは、わたしが必要だんだ！」

「この手紙ば読んだでしょう。ここさ何が書いてあった？　あんたもきっと、こうなるんだよ。その前に、逃げろってしゃべってらのよ。わたしは――わたしは、どんな思いで――」

浮気相手に向かって、夫の罪を告発した。舞子が吹聴するのを覚悟の上で、この秘密の手紙を見せたのだ。奥さんはそういいたかった。そのことは、舞子も胸の奥の奥では察することができたのに、口をついて出るのは恋がたきへの罵倒だった。

「こったらものば捏造して、わたしば追い出す気だべ！　その手に乗るがして！　奥さんが如何した思いでいるかなんて、お見通しだじゃ！」

「…………」

奥さんは物凄い目で舞子を見た。今度こそ、打たれると思った。

けれど、案に相違して、奥さんは舞子に背を向けた。……背を向けて、あの長持の鍵を開けたのだ。

ギッ……ギッ……ギッ……。

鍵はしぶい音をたてて回り、奥さんは細い腕がぶるぶる震えるほど力を入れて、重たい蓋を持ち上げる。

それが外れたとき、長持から嗅いだことのない悪臭が噴き出した。

今の今まで冷ややかな芳香を漏らしていたはずなのに――。めまいをもよおすような、雲みたいにまとまった腐った空気のかたまりが、鼻にとりつく。あまりにもひどくて、舞子は思わず長持の中を覗き込んだ。

「うわ！」

悲鳴を上げたとたん、口で思い切り悪臭を吸い込んでしまった。

咳が出る。ゼエゼエと空気を吸ってしまうのを押さえるように、舞子は両手で口を覆い、それでも長持の中を覗き込まずにはいられなかった。

そこには、死体が横たわっていた。

長い髪が半ば抜け落ち、骨が半分くらい現れて、そして腐った皮膚が破れて肉が垂れた腐乱死体だ。目玉が取れて白い小さな虫が何百と蠢いていた。虫は崩れてしまった鼻から溶けたくちびるを占領し、赤の、緑色の、肉色の液体をすっていた。

そんなにも悲惨な残骸なのに、死体は行儀よく手を組み合わせて仰臥している。

菊の模様の浴衣に、深紅の帯を締めていた。浴衣の裾がめくれて、下腹のあたりまで爛れた体が露出していた。肉が溶け落ちた腹の辺りには、なかば人の形になりかけた頭でっかちの小さな人形のようなものが入っていた。それもまた、同様に腐っていた。

写真の女だ――横岡テル子だ。

後ずさったと同じ瞬間、こわれるほどの音を立ててドアが開いた。

廊下の闇を背負って現れたのは、先生だった。

生徒と野営場に行ったはずなのに――。

この番狂わせを怪訝(けげん)に思ったのは奥さんの方だけで、舞子は期待と恐怖が胸の中でごちゃごちゃに混ざり合って、笑いたいような泣き叫びたいような、そんなヒステリーの発作に襲われた。

「――！」

口からほとばしる悲鳴は、なぜか遠くからとどく他人の声のように聞こえた。それはもどかしいほどに、頼りない。

先生は悪臭で満たされた応接間の中に大股で入って来て、奥さんを見て、長持の中の死体を見て、やはり怒りと疑念がごちゃごちゃに混ざり合った顔をした。

その顔を叫び続ける舞子に向けたときは、迷いの色は消えていた。

「――おまえが悪いんだ――これを見てしまったから」

先生の大きい手が、何かをつかむ格好で伸びてきた。

それは食らいつくように、舞子の首を捕え、締め上げた。

悪意――殺意。

苦しい――口惜しい。

互いのからだを知り合った相手から向けられる悪感情は、元からの敵よりもよっぽど冷酷だ。舞子は、自分も一瞬後には、長持の腐乱死体のとなりに寝かされることを確信した。そのときにはもう、自分も死んでいるのだと諦めた。

ところが、不意に、衝撃が全身を襲う。

それは先生のからだごと波打った。

奥さんが、先生に体当たりしたのである。

舞子の首から先生の手がはずれた。

舞子は後ろに投げ出され、舌を出してひどい勢いで咳き込みながらも、尻と手を使って後ろへ、後ろへといざった。

「逃げなさい——逃げなさい——」

細い両手を先生の胴体に回して、奥さんが絶叫している。

舞子は転げながらも起き上がると、先生が入って来たドアから走り出た。

廊下の暗がりに出た瞬間、先生と奥さんのほかに、もう一人だれかがいる気配を感じた。カーキ色の国民服を着て、脚にゲートルを巻いた男……？

だけど、確かめている余裕などなかった。

舞子は何度も転びながら砂田のお屋敷を飛び出すと、国道を越えたところにある派出所へと遮二無二、走った。

*

警察に連行された砂田は、するするといとも簡単におのれの罪を白状した。

砂田の罪は二つである。

一件は、女中の横岡テル子殺害のこと。

あとの一件は、やはり女中の田代舞子殺害未遂のこと。

砂田は雇い主である立場を悪用して、テル子に悪戯を続けた。彼女が妊娠したことを告白されると、その発覚を怖れて胎児もろともに殺した。妻がお産で里帰りしていたときの犯行である。

これにより、砂田の精神に変調が生じたのだろう。亡きテル子への哀惜と、事件の露見を怖れることの、相容れない思いに支配されるようになる。

死産の後、体調がもどらぬ妻をいたわるという名目で、テル子に面差しの似た田代舞子を女中に雇い入れ、彼女の肉体をもてあそんだ。しかし、舞子がテル子の存在を気取ると、怖れが怖れを呼んで彼女をも殺害せんとした。

後の方の事件では砂田夫人がテル子の亡骸を見せて、舞子に逃げるようにと告げたというが、警察はこれは各人の妄想であろうと結論付けた。

なぜならば、テル子の遺体は、砂田家母屋の座敷の床下から発見された。長持に入れてあったとされる亡骸は、半ば腐乱していたというが、実際に掘り起こされたものは白骨に変わり果てていた。西洋館で三人が見たというテル子の遺体は、警察官が到着したときには、あとかたもなく消え失せていたのだった。

*

砂田夫人が再びバラックを訪れたのは、夫が逮捕された翌日である。

夫人は江戸更紗の着物を涼しげに着て、陽ざしよりも、物珍しげに彼女の姿を物色してくる視線を避けるための白い日傘が、まるで朝顔の花のようだった。

前に来たときと同じく、戸のはずれた暗い小屋の中に入ると、担ぎ屋は目だけ動かして相手の訪問を認めた。

「おかげさまで、無事に済みました」

長持に入っていた遺体。

愁嘆場の途中で夫が急に従順になってしまったこと。

再び遺体が消えたこと。

何から何までいったいどんな手品を使ったのか、夫人は思いも及ばなかった。この魔法使ひとよばれる男の手際だということ以外、まったくわからない。そうだったら、もう一度頼めば、夫が真人間になってもどって来られるだろうか。

思ってから、自らかぶりを振った。夫は砂田の家名に計り知れない傷をつけたのだ。どんな魔法が使えたとしても、実家が彼を許すまい。そして、夫人は実家の財力がなければ生きていけないおのれを知っていた。

「もうひとつ、頼まれてはくれませんでしょうか」

夫人は三万円を、担ぎ屋の前に差し出した。

「テル子さんが出せなかった手紙を、腹違いのお姉さんという人に宛てて出してあげたいと思っているんです。お姉さんの住所番地を見つけてくれませんでしょうか」

「それだば、金は要らねえ」

担ぎ屋は伸びた前髪の間から夫人を上目遣いで見て、札束を突き返してよこした。

「駅前の闇市で、すいとん屋ば開いているおなごが居らね」

その女がテル子の姉だと、担ぎ屋はいった。

夫人は肩の荷が下りたというように、小さな息を吐いて微笑んだ。

「ありがとうございます――ありがとう」

突き返された札束をそこに置いたまま、陽ざしだけで出来たからっぽの戸口へと足を向ける。その背中を、担ぎ屋は呼び止めた。

「最後の手紙は見せねえ方がいいんでねえが？」

「はい。わたしも、そう心得ておりました」

夫人はそう答えて、会釈を残して立ち去った。

担ぎ屋は残された札束をしばらく見つめていたが、やがてそれをふところにしまうと、次の仕事へと出掛けて行った。

第四話　湖中のまぼろし

1

かんつけてる！

というのが津軽弁なのか、それが口癖であるパンパンのおようも、よくわからない。

ふざけていやがる、と啖呵を切るときに、まずいう。憤怒して毒突くときもいう。

「かんつけてる！」

ステッキガールというものが、青森にも出現した。客から小遣い銭をもらって、散歩の同伴をするのである。手くらいは握って、ときには接吻くらいはするのだろうか。ゆるい売春だ。食うためにからだを売るパンパンにしてみれば、そのゆるさに腹が立つ。

ステッキガールの元締めをしているのが、女学校上がりのお嬢さんだと聞いた。それも香具師の親分の娘だという。親の権勢をかさに着て、かんつけた真似をしやがる！

そのかんつけたクソお嬢さんの江藤テフ子が、およう の縄張りである堤町の飲み屋街を、荒らした。

そのとき、およう は洗いざらしのアッパッパーを着て、男物の下駄をはき、化粧もせずに路地をあるいていた。

およう がそんなありさまだったから、出現した敵の完全武装を見て手痛い一撃をくらう。

江藤テフ子は、上等な紫の紗の振袖を着て、うずまき模様の帯に、帯締めは赤いリボン、市松人形のようにしなやかな髪を長く垂らして、中年の背広男の腕にぶらさがって歩いていた。

――ねえ、香水がほしいの。これから一緒にお店に行きません？

――もちろん、ぼくがプレゼントするよ。

――嬉しい。

たかりも、堂に入ってる。

それで、カッと頭に血が上った。

おようと並んで歩いていた留子(とめこ)――通称はルミー――が、アッパッパーを引っ張ってくる。短気を起こすなといいたいのか、やっつけちまえといいたいのか。ルミーは可愛い妹分だが、どっちにしたって、指図を受けるつもりはない。

およう は下駄の歯を鳴らして、不釣り合いな男女に近寄ると、躊躇(ちゅうちょ)も容赦もなく、女の頬をぱぁんと打った。こちらも男相手の商売だが、およう は器量でも媚びでもなく、気風(きっぷ)の良さが身上だ。チンピラの一人や二人なら、わけなくやっつけてしまう腕っぷしが自慢の、剃刀およう姐(ねえ)さんである。

ところが、たたかれた江藤テフ子は、泣きも逃げもせずに、両手でおようの肩を力任せに押した。

「……！」

予期しない反撃に、およう はもののみごとに尻餅をついた。

「かんつけんな、このアマ！」

およう の口癖をまねて、ルミーが高い声を出した。舌っ足らずで滑舌(かつぜつ)があいまいなので、およう のようにドスが利いてないが、怒気は充分である。

テフ子の連れの中年男は、「ひっ」とか「へっ」とか屁みたいな声を上げて、臆面もなく走って逃げた。いいザマだ。

それを見たテフ子が逆上した。

「人の商売の邪魔してんじゃねえよ、この売女！」

叫びざま、およう のパーマネントを当てた髪をわしづかみにしてくる。

腹を蹴られて、束の間、息が止まった。

やりやがる、クソお嬢さんが。

左手で細い首をつかんで、右手で紗の振袖を思いっきり引っ張ってやった。

後ろに回ったルミーが、絹糸のように垂れた髪を、両手でむしる。

テフ子の袖は、襦袢ごと破れて取れた。

その腹に頭突きをくらわしてやる。

ゲフっと変な声を上げて、テフ子は倒れかけ、それでもただでは転ばず、おようの肩をつかんで引き寄せた。

うしろに居たルミーを下敷きにして、テフ子は倒れながら、おようのみぞおちにひざ蹴りをくらわしていた。

不覚にも気が遠くなりかける。

ルミーの泣くような悲鳴が聞こえた。

「なんなんだ、このアマぁ！」

叫んだ瞬間、辺りに人だかりができていたことにようやく気付いた。

「おめだぢ、やめんかぁ！」

怖い声を上げるのは、自転車で駆け付けた派出所の巡査だ。

「やべえ！」

およう は飛び起きると、テフ子の下敷きになっているルミーを助け起こし、野次馬たちを押しのけて走りだした。

「待たんか、おめだぢ！」

巡査は自転車で追いかけてくる。

なぜか、テフ子もいっしょについて来る。

「馬鹿、来んなじゃ！」

怒鳴ったが、テフ子はまるで姉たちに追いすがる末っ子のように、どこまでも離れない。

自転車の巡査は、おようが破ったテフ子の袖を振りたてながら、キイキイと自転車をこいで追って来た。

およたちは小路に入り、路地に入り、大通りに出て、自動車の走っている中を分別を知らない猫のように横切る。

自動車がブレーキをかけて、運転席から次々と怒号が降った。

いつの間にか、テフ子が先頭に立っている。

「こっちこっち」

空襲で焼け残った古い板塀の破れ目から中に忍び込み、知らぬ家の敷地をつっきると、再び塀を乗り越えて、隣家の軒下を走る。

なんだかおかしな具合になってきた。

そう思いながらも、巡査に捕まりたくないから、およはルミーの手を引いて、敵の後を追った。

「どこだ、おめだぢ、出で来い！」

巡査の声が遠くなる。

自転車のキイキイいう音が遠ざかり、やがて消えると、三人は思わず手を取り合ってはしゃぎ回った。他人の家の庭の真ん中である。

その家のおかみさんが険しい顔をして出て来たので、慌てて往来に逃げた。声をたてて笑いながらそこからも逃げ、息が続かなくなると、転がって笑った。

かんつけたステッキガールの江藤テフ子は、おようとルミーのともだちになった。

＊

「へえ。あんただち、慰安所の出身なんだ」

テフ子の行きつけだという山猫というバーで、おようとルミーはシェリー酒というものを飲まされた。びっくりするほど美味い酒だった。

店の様子がまた、西洋映画に出てくる高級酒場のようなハイカラさである。床には赤いじゅうたん。赤いかさで明るさを調節した、格好の良い電球。ダンスホールにはシャンデリアがさがっていて、本物のグランドピアノを渋面の老いた男が弾いている。そこにもたれかかって、ピカピカするドレスを着たディードリッヒみたいな女が、外国語で歌をうたっていた。――まさに、西洋映画だ！　青森の田舎に、こんな立派な飲み屋があったとは、地の底を這って生きる者には、まるで別世界である。

ＧＩたちが、やせた日本娘と抱き合うようにして踊っている。ＧＩだけを相手にする洋パンとか、ＧＩに操を立てた――つまり恋人とか妻とかのまねをするオンリーとかいう女たちだろう。どっちにしろ、米兵と付き合えば、こんな豪華なところにも来られるというわけか。

（洋パンだかオンリーだか知らないけど、初めて見たじゃ）

およう の口の端に、嫌悪が浮かぶ。そして、すぐに自嘲の笑いに変わった。目糞、鼻糞を笑うってやつだ。

「おようちゃん、どうしたの？」

テフ子が不思議そうな顔で見ている。

「ん、別に」

「煙草、どうぞ。ルミーちゃんも、どうぞ」

「サンキュー」

およう は、テフ子が差し出したラッキーストライクを吸ってみた。これまた、美味い煙草だった。煙といっしょに、普段は隠している弱音が出た。

「終戦の時はさぁ——金も家も家族も、何もかもなくなってさ。女給募集っていうじゃな？　政府の肝入りだっていうじゃな？　それだば、おかしけだことはねえべって、信用するでばし。だけど、いざ行ってみたら、GI相手の売春宿だったんだよね」

慰安所のことだ。

ルミーが、あっけらかんと言葉を足す。

「あたし、それまで男なんて、知らなかった。だれも、信じてくれないけど」

「急告、特別女子従業員募集、衣食住及高給支給、前借ニモ応ズ――かんつけてる！」

戦争に負けた日本が、真っ先にしたのは、ＲＡＡという組織の設立だった。

Recreation & Amusement Association.

特殊慰安施設協会。

進駐軍から日本の婦女子を守るために、売春婦をＧＩたちにあてがうための組織である。

実際には、玄人の娼妓ばかりではなく、事情を知らない素人娘たちが集められて、進駐軍兵士の性欲の人柱となった。この仕組みを作ったのは、政府と警察である。

慰安所はまずは東京や横浜に設置され、やがて全国に及んだ。

しかし、翌年の三月にＲＡＡの施設は急遽閉鎖される。ＧＩたちに性病が蔓延したのだ。

斯くして、慰安所の女給たちは野に放たれた。

同年一月に、ＧＨＱは娼妓の解放を命じている。

　RAA上がりの女たちの受け皿になったであろう遊郭がすでに禁止されていたのだから（現実に遊郭が一掃されるのは、昭和三十一年の『売春防止法』の成立によってである）、街娼として稼ぐよりない。おようとルミーも、そんな風に転げ落ちてきた。女給募集なんぞと騙されたことに、不満はあったが恨みはない。あのとき慰安所の女給とやらにならなければ、確実に飢え死にしていた。生き残ったのは、勝ち残ったということ。おようは、今生きている自分を、むしろ誇りに思っている。いかにも、およおうたちはずっと耐えてきた、今も耐えている。それは日本人にとって、美徳とされてきたことではないか。

「ふうん」

テフ子は、二人の身の上話を聞いても、同情の言葉をくれなかった。

気の毒がるとか、パンパンなんかやめろといわれるとか、テフ子とはともだちになったんだから、そんな穏当なことをいってほしい気がする。そうすれば、こちらも女だてらの心意気とか、ひとくさり語れるものを。

ところが、テフ子ときたら、

「苦労話はきらい」

なんて吐き捨てて、話を終わらせてしまった。

おようは、得意の「かんつけてる」が出かかったが、すんでのところで呑み込んだ。

このお嬢さんは、とことん享楽的なのか、それとも苦労なんて自分ので手一杯なのか。

（まあ、いいや）

こんな映画の中みたいな場所に連れて来てもらって、美味い酒と煙草にありつけたのだから、今日のところは大人しくしておいてやる。

「だけど、江藤組ってやっぱりすげえな。女学校を出たてのあんたが、こったらところに来られるくらい、お小遣いをもらってんだ？」

「まさかあ」

テフ子は紫煙が入った目を、指でぬぐった。

「そんなにお金があったら、ステッキガールなんてしてねえっつうの。妹なんかさ、親からもらう小遣い銭しかねえから、ろくにおしゃれもできないで居るよ。汚れちゃった古いコムパクトなんか、いまだに大事にしてさあ――可哀想だよ」

「妹さんは、真面目な人だわげ？」

「うん、真面目、真面目。双子で顔が同じだから、変な気分だよ。ハナ子はわたしの、良い方の分身なんだ。わたしはハナ子の悪い分身さ」

テフ子は、けたけた笑った。

こいつは、今まで会ったことのないタイプの人間だと、おようは思った。悲しければ笑う、困ればはしゃぐ、とことん、あまのじゃくだ。あまのじゃくは、人間の根っこの部分が腐っているか、素直で居られない傷を負っているかの、どちらか。おようは単純なたちだから、前者ならば張り倒してでも心を改めさせたいし、後者ならば傷が癒えるまで守ってやりたい。

「ねえ、金持ちのじいさんと、素寒貧の色男なら、どっちを取る？」

テフ子はシェリー酒を空けると、テーブルに両ひじをついて、おようたちの顔をいたずらっぽく見比べる。

「あたし、素寒貧の色男」

ルミーが小学生みたいに片手を上げて、滑舌のあいまいな口でそういった。

おようはその腕を親し気に叩いて、反論する。

「断然、金持ちのじいさんだべな。相手がじいさんだば、だましてこっちの好き放題ができるもんね。くたばってくれたら、財産は使い放題さ」

おようが「くたばれー、くたばれー」と呪文をいうと、ルミーが甲高く笑った。

「ふむ」

テフ子は新しいシェリー酒のグラスに口を付け、もったいぶった顔をした。

「ところがねえ。どっちも、わたしのものじゃないのよねえ。どっちも、妹のことが好きだというのよ。何たって、良い子だからなあ。深窓のお嬢さんだもん」

「妹がお嬢さんだば、姉のあんたもお嬢さんだべな」

おようがグラスを空けると、テフ子はすぐにおかわりを頼んでくれた。

「妹は、わたしの好きな男を好きになったの。わたしのものを、盗ったの」

「双子だから、男の好みも同じなんじゃない？」

ルミーが機嫌を取るようにいった。

テフ子は、声を裏返らせて笑う。きっと酒のせいだろう。

「わたしは、その人のために人殺しまでしたのよ。だけど、その人は妹の方が好きなんだ。わたしが、妹のものを盗ってもおあいこだよ」

人殺しって……。

ルミーが困ったようにひじを突いてきたけど、おようは酔っ払いのたわごとだといって取り合わなかった。

＊

テフ子に会った翌日、おようの住むバラックに刑事が訪ねて来た。

進駐軍のMP（憲兵）の手先になって、パンパン狩りをしに来たのか。警戒して、怖い形相になったおように、刑事は降参するように両手を上げてみせた。

「おっかねえツラすんなじゃ。ちょっと訊きたいことがあるだけだ」

「訊きたいこと？」

「江藤テフ子のことだが――昨日、堤で喧嘩したんだってな」

「喧嘩するほど、仲がいいってか？」

およウはわざと大らかにいった。胸の中に重いものが生じる。不運な女には、おなじみの、胸騒ぎというやつだ。

「出で行げよ。ここは警察の来るところでねえじゃ。テフ子なんて知らねえ」

同居しているルミーが、血相を変えて割り込んでくる。RAAを作るお先棒を担いでおきながら、パンパンを目の敵にする警察は、敵だ。ルミーは素直すぎるから、敵と決めたら気持ちを制御する知恵がない。

「ルミー」

おようが短く叱った。

「テフ子がどうせした？」

おようは刑事に向かって敬語を使った。例のないことだ。胸騒ぎが、そうさせた。

酔っぱらったテフ子のたわごとを、頭で反芻する。

——わたしは、その人のために人殺しまでしたのよ。

その場では、たわごとだと聞き流していた。

今の今まで忘れてもいた。

でも、刑事の顔を見たとたん、だまし絵みたいに胸によみがえってきたのだ。

——人殺しまでしたのよ。

何かのたとえ話だったのか、まったくの嘘か、真実の告白だったのか。

昨日一日で、テフ子のあまのじゃくな性格は理解したつもりだ。その気持ちを推し測ってみるとしたら……テフ子はそんな嘘を、わざわざ口にはしないような気がする。

いいさ。

と、おようは腹の中でつぶやく。

テフ子が生まれた香具師の世界は、ダチ（ともだち）との絆を重んじるらしいが、おようにだって人情はある。ダチは絶対に裏切らない。世界中を敵に回しても、テフ子をかばってやる。そこんところは、香具師にだって負けないつもりだ。

「少し訊きたいことがあるんだが」

刑事は、そうするのが当然であるように、こちらの質問には答えない。

「六月二十六日の午後三時ごろ、江藤テフ子といっしょに居たか？」

「ああ、居たよ」

反射的に、嘘をついていた。

「どこに居た？　それを証明する人間は居るか？」

「六月二十六日――二十六日――さぁて、何かあった日？」

「古川の赤線で、チンピラが殺された日だ」

やっぱり、そうきたか。

おようの頭が、そろばんの珠のようにパチパチと目まぐるしく動いた。

殺されたやつのことは、まったく知らないわけではなかった。

最近、このバラックによく顔を出すようになった月永健吾という優男――殺された男というのは、健吾の親友だという話だ。場所は赤線の旅館だったらしい。首を切り落とされて死んでいたというから、大変な事件だ。同じころ、健吾は江藤組の使いっ走りをしてドジを踏み、相当なひどい目に遭ったのだとか。

江藤テフ子——江藤組——月永健吾——殺された男。

(つながるでば)

テフ子と妹が熱を上げているというのは、あの健吾のことにちがいない。

(なるほど、色男だもんな)

その親友を殺した犯人が、テフ子か。

反射的にそう思った。

思っても、最前の決心は揺るがなかった。

「あの日だったら、テフ子と岸壁で飲んでたよ。——ねえ、ルミー」

「ああ、岸壁で飲んでたね」

「おめえは、テフ子なんか知らないんじゃなかったのか」

「うっせえ、クソ刑事」

ルミーは、声を上げて笑った。よもやことの重大さに気付いてはいまいが、なかなか上等な切り抜け方だ。

「だれか、ほかにも目撃者は居るが?」

「モクゲキシャ? さてねえ。鯖を釣ってるおやじだぢは居だけどねえ」

おようのでたらめな証言に満足したのか、刑事はしかつめ顔で帰って行った。

「かんつけてる」

そういった声が震えているので、ルミーが不思議そうにこちらを見上げてきた。

2

山猫で味わった酒の美味さを思い出すにつけ、おようはテフ子のことが気にかかった。

警察に連れて行かれていないか。自分の嘘っぱちの証言に、マズイ点はなかったか。

バラックの一角に、担ぎ屋と称する正体不明の男が住んでいて、月永健吾がまとわりついている。どうやら担ぎ屋の弟子にしてほしいといって、通っているらしい。健吾は仕えていた江藤組に半殺しにされて、仕事を失くした。さりとて、担ぎ屋なんかの弟子もないものだろうと、おようはおかしく思っていた。

その健吾に、テフ子のことを尋ねてみた。

「おようさん、なしてテフ子のこと知っちゃんず？」

「ダチなんだよ」

「へえ。世間は狭えなあ」

健吾は感心したように、「ふん、ふん」と、うなずく。

「だけど、江藤のことは、もう思い出したくねえじゃあ。テフ子にも会ってねえよ」

「この腰抜け」

事情は知らないが、テフ子はこの男のために人殺しをしたのだ。それなのに、香具師の父親に怖気づいて、テフ子に会いもしていないとは、腰抜け——薄情者——卑怯(ひきょう)者。今にも頬っぺたを張りたくなったけど、バラックの小汚い通路の向こうから、当のテフ子が現れたので、おようの心配と腹立ちは吹き飛んだ。

「テフ子！　テフ子！」

小柄な背をせいいっぱい伸ばして、おようはぴょんぴょん飛び跳ねて手を振った。

テフ子はこちらに気付いたようだが、応えもせず、笑顔一つよこさない。

何を気取っていやがるんだ。

口をとがらせるおようのことは完全に無視して、テフ子はただ健吾の方だけを見て会釈をした。

「ハナ子さん」

健吾の顔に、朱が差した。

——だけど、その人は妹の方が好きなんだ。

おようはテフ子の言葉を思い出し、そっくりな顔の女をじろじろと見た。

（こいつが、妹？）

胸の中をふと不気味さがよぎったのは、着せ替え人形を連想したからだ。この顔、この体格の素っ裸の娘に、髪を解いて派手な着物を着せればテフ子になる。三つ編みを結って、大人しい桔梗（ききょう）柄の着物を着せればこの女だ。着せ替えただけで、人間まで変わる。……そんな感じ。おようは自分が阿婆擦れだからか、ハナ子のことが一目で嫌いになった。

「健吾さん、あの担ぎ屋さんはいらっしゃる？」

「ああ、兄貴なら、今帰って来たところだよ」

「わたし、あの方に、また助けていただきたいの」

ハナ子は、小さな白い手を胸の前で組み合わせている。苦労知らずの手だ。白くて小さいというならテフ子の手だって同じだが、人の血で濡れているならば、おようの日焼けしてやせさらばえた手よりも一層汚れている。おかしなことに、おようはテフ子が犯したと自らいった犯罪が、人に誇れる苦労ででもあるような錯覚を覚えていた。

「ハナちゃん。おれは、あんたに助けられた身だから、あんたのためなら何でもするよ」

健吾がそういったので、おようは悲しくなった。想い人と妹との三角関係もまた、テフ子のいったとおりだったのだ。しかし、ハナ子が次にいった言葉は、思いがけないものだった。

「助けてほしいのは、姉のテフ子のことなんです」

＊

バラックのすぐ近くに居ながら、おようはこれまで、担ぎ屋の住まいに近付いたことがなかった。

担ぎ屋の小屋は、がらんどうの穴倉だった。

家具が一つもない。窓もない。光源は、戸のない出入り口からの日差しだけだ。梅雨の曇天では、それもおぼろである。

担ぎ屋は板の床にあぐらをかいてすわり、押し掛けの弟子が連れて来た珍客たちを、面白くもなさそうに見ていた。

ハナ子は以前もここを訪ねたことがあるという。おようは、テフ子の一大事と聞いて、許可もなく押しかけて来た。文句をいいかけた健吾は、おようの一睨みで黙った。

押しかけられた先の担ぎ屋は、ひどく無愛想である。

おようは以前からこの男を、死神か疫病神みたいなものだと感じていた。普段から、居るんだか、留守なんだか、生きているんだか、死んでいるんだか、わからないし、興味もない。担ぎ屋といいながら、本当は何をしているのかもわからなくて、剣呑な気配があるから付き合いもない、挨拶もしない。話をしたこともない。

こうして改めて見てみれば、ちょっとばかり男振りがいい。でも、陰気だし無礼だし、何を食っているのか、糞はひるのか、夜は眠るのか。もちろん人間なんだから、ものも食うし糞もするだろうが、そんなこととは一切無縁に思えるのだ。まるで人間離れしている。――むろん、おようが受けた印象では……というだけの話だが。

しかも、今、聞いたところによると、この男はやはりただの担ぎ屋ではなく、何でも運ぶのだという。ダイヤモンドでも死体でも、三百袋の小麦粉でも。

まるで魔術だ。

いかにも、その不思議な仕事ぶりのおかげで、この男は魔法使ひと呼ばれているらしい。

だからこそ、月永健吾は彼に弟子入りしたがっている。だからこそ、ハナ子は姉の一大事に、ここにやって来たということだ。

「全部、わたしが原因なんです」

葉村一家の葉村龍造は、香具師の江藤勝治の兄貴分である。

龍造の父親、葉村の隠居は、二年前から虹の湖の中の島に、別荘を建ててくらしていた。

その隠居に、江藤ハナ子は頼みごとをした。

父の怒りを買った健吾を、助けてほしいと頼み込んだのだ。

「兄貴がおれを助けてくれで、葉村の隠居がその褒美を払ったんだよな」

健吾が口を出す。

──魔法使ひの報酬は、われが代わって払ってやる。あんたが、一人でここまで来た度胸に免じてな。

「はい」

ハナ子は自分の小さなてのひらを見る。

「今にして思えば、ご隠居さまには初手から考えがおありだったのです」

――健吾さんが無事だったら、わたし、きっとお返しします。

――われも、そのつもりだえ。

葉村の隠居との間で交わした約束のことを、ハナ子は一同に聞かせた。

「このたび、ご隠居さまが、わたしを妾にほしいといってきました」

「本当にな?」

健吾が憤慨の声を上げた。おようは一番後ろで、立てひざをついて聞いている。

「わたしが、あさはかだったのです」

ハナ子はハンケチをにぎりしめた。

隠居の親切は、ハナ子の一途さに打たれた、ただそれだけのことと高をくくっていた。よもや、本当に見返りを欲しがろうとは思ってもいなかった。

ハナ子の父としては、健吾を助ける云々に関しては何も知らないのだから、なおさら寝耳に水だった。

伯父分の命令とあらば是非もないが、愛娘を妾に差し出せとは無体に過ぎる。隠居も高齢のせいで色呆けしているのかもしれない。兄貴分の葉村龍造に頼んで、諭してもらおうか――などと、妻女や気の置けない子分たちと相談していた矢先、テフ子が虹の湖の別荘に行ってしまったのだ。

(なして――?)

およう は、眉をひそめた。

書置きには、わたしたちは双子だから、隠居にはハナ子と自分の区別はつくまいと記してあった。

――わたしは、その人のために人殺しまでしたのよ。だけど、その人は妹の方が好きなんだ。わたしが、妹のものを盗ってもおあいこだよ。

テフ子は健吾のために、人殺しまでしてのけた。

そのことに、おようは今や疑いを持っていなかった。

だけど、健吾の気持ちはハナ子に向いている。

その腹いせに、妹に舞い込んだ妾の口を横取りしたというのか?

(テフ子、馬鹿ッコやあ)

おようはあきれた。

しかし、いかにもテフ子らしい滅茶苦茶(めちゃくちゃ)さだと思った。

刹那的で捨て鉢で勝気で無分別。テフ子は、おようがとうのむかしに捨てたものを、信じているのかもしれない。無茶をやらかせば、叱り、かばってくれる愛情を、だ。

「でも、ご隠居さまは姉のことを、ハナ子ではないと気付かれました。そして、大変にお怒りなんです。わたしを連れて来なければ、姉を殺してしまうといっています。だけど、父が……」

江藤勝治の、娘たちに向ける愛情は平等ではなかった。

勝治は、従順で内気なハナ子を、よりいっそう愛していた。はねっかえりで、小狡いテフ子には、愛情というよりも苦い気持ちしかない。貞操の概念もなく、親を敬うことも知らない。そんな長女が妹の身代わりになってくれたのは、もっけの幸いとすら思った。

「父は姉を見捨てる気でいるんです。ご隠居さまのいうのは、ただの脅しで、人殺しまでするはずはない。姉はいつもの調子で、ご隠居さまをたらしこんでしまうというんです」

「おれのせいだ」と、健吾がいう。

ああ、そのとおりだとも、おめえのせいだ。と、おようは思う。

(だけど、まてよ。――テフ子はそこまで馬鹿ではねえのかも)

テフ子はきっと、またあまのじゃくなことをいっているのだ。

安保殺しで警察の調べが自分に迫っていることを、テフ子は感じ取った。だから、逃げたのだ。青森に冠たる葉村一家の大親分の庇護のもとに入れたら、たとえ警察といえども容易に手を出せないと踏んだのにちがいない。

隠居にしても同じだ。人殺しなんぞが懐に飛び込んで来た。そんな厄介者が来たことを怒っている。テフ子を殺してしまうというのは、きっと脅しだろう。もしも本気でそういっているのだとしたら、高齢のせいで分別までなくしたのか。

どっちにしたって、捨て置ける状況ではないと、およう は思った。ただし、テフ子が人殺しをしたなんて、おようの想像の中だけの話だから、この一同に話して聞かせるわけにはいかない。

「兄貴、何とかしてけらいねが？」

健吾が担ぎ屋の前に、がばりと両手をついた。

前髪にかくれた担ぎ屋の目が、健吾ではなくハナ子に向いている。

「あんたと、葉村の隠居の間の話だ。おれも健吾も、かがわりねえ」

「兄貴、それだば、あんまり……」

健吾がすがるようにいうのを、ハナ子が遮った。

「わたしとご隠居さまの問題じゃなく、わたしと姉の問題なんです」

別珍の黒い巾着から、財布を取り出してそのまま担ぎ屋に差し出す。

「わたしに力を貸してください」

ハナ子は毅然としている。この強さはテフ子にはないと、おようは思う。

担ぎ屋は財布を無造作に開いた。

小さな赤いガラス玉を取り出すと、ニタリと笑う。その笑い方が悪魔的なので、おようは眉をひそめた。健吾とハナ子は互いの顔を見ていたから、担ぎ屋の表情は見逃した。ひとり、会話の死角に居たおようだけが、担ぎ屋の異様な表情をとらえたのだ。

「なるように、なる」

いい加減なことをいって、担ぎ屋は小屋から出ていってしまった。財布はハナ子に返したが、ガラス玉をちょろまかしてポケットに入れるのを、おようは見逃さなかった。担ぎ屋はハナ子の願いを請け負ったということなのか。

ハナ子の気持ちはそれでは治まらなかったようだ。それは、おようとて同じである。

「健吾さん、わたしをご隠居さまのところに連れて行ってください。くれぐれも、父には見つからないように」

隠居の要求どおり、ハナ子は虹の湖に行くという。

そうするがいいさ、いげじゃがしい(こざかしい)良い子ちゃん。

「あたしも付き合う。連れて行って、やれへ」

「なして、おようさんまで?」

健吾が訊いてくるので、おようは啖呵を切るときみたいに相手を睨んだ。

「テフ子は、あたしのともだちだもの」

「せば、ハナちゃんを人柱にしようってのか?」

健吾が怒った声を出すが、おようは動じなかった。

「少なくとも、こっちのお嬢さんだば、じいさんのそばに行っても無事でいられるべさ」

3

健吾が、中古のダットサン14型セダンを見つけてきた。

十二年前の車で、酷使されていたらしく、鼠色の車体はところどころへこんで、錆(さび)が浮いていた。運転席には健吾が座り、おようはハナ子と並んで後部座席に座った。

「虹の湖に着く前に、ぶっ壊れるんでないの？」

「だけど、汽車になんか乗っている場合じゃないわ」

エンジンがなかなかからず、自動車は疲れた馬みたいにいななないた。健吾の運転はさほど上手くなくて、動き出すときはアクセルの踏み加減がわからず、飛び出してはエンストするクルマの中でおようたちは思わずつんのめってしまう。

「お嬢さん、担ぎ屋があんたの財布から取ったのは、何だったのさ？　赤いガラス玉に見えたけど」

「あれは、ルビーですわ」

ハナ子はこともなげにいうので、おようは仰天した。

「ルビーだってが？」

「母の宝石箱から、失敬しましたの」

「失敬しましたのって……あんた……」

市街地をあぶなっかしい調子で走り、風景はすぐに田んぼの緑色に変わった。長い午後がようやく終わりかけ、西日に赤い色が混じっている。

風景を眺める横顔は、姉と同じだ。おようは不意に、何もかもが嘘っぱちのような気持ちになった。となりに座っているのはテフ子で、妹のふりをしているのではないか。虹の湖に行ってしまったなど、最初から冗談なのではないのか。

「ねえ、その別荘って、どんなところなのさ？」

「菊に似た白い花が一面に咲いていて、メルヘンみたいな――」

「へっ、白い菊だなんて、葬式みたいだでば。まるで、葬式島だ」

およう は、意地悪い声で笑う。これがテフ子だったら、何と答えるだろう？

並んで座る女は、黙ったままだ。

「それで、じいさんは、どったら家さ住んでいるのさ？」

「象牙色の西洋館よ。ご隠居さまは、西洋趣味でらっしゃるから」

「へえ」

運転席の健吾がひとりごとなのか、それとも後ろの女たちに話しかけたのか、ぶっ
ぶついった。

「何だって、テフ子はこんなこと……」

「姉は、わたしのものを欲しがるんです」

ハナ子がそういったので、およう は思わず頭に血がのぼった。

「ちがうべさ。姉さんは、あんたば助けだんだじゃな。あんたが軽はずみな約束をしてしまったから、身代わりになってくれだんだべさ！」

およう の声は、追い越して行く黒塗りのフォードのエンジン音にかき消された。戸門（とかど）というつづら折の山道でのことだった。

「何さ、乱暴な運転だね――」

文句をいいかけたおようは、健吾がしきりとバックミラーを気にしているのに気付いた。

となりに座るハナ子は、身をよじって後ろの窓を見ていた。

「どうしたのさ？」

「追いかけられてる」

「ええ？」

おようはハナ子にならって後ろを見た。

前方を走るのと同じ、黒いフォードが、ぴったりと後ろについてきている。

「父です。父が乗っている」

ハナ子がそういうと、ハンドルを握る健吾の肩がビクリと動いた。江藤勝治の手で半殺しの目に遭ってから、まだ間がないのだ。その名を聞いただけで、怖気が走るのだろう。おまけに、こっちは江藤の親分の掌中の珠を乗せている。まるで、愛娘を誘拐でもしたような格好だ。

(疫病神だね、このお嬢さんは——)

チクリと片頰をゆがめて、およう は健吾を叱咤した。

「捕まれば、今度こそ殺されるど。逃げきれよ」

「おう——」

三人を乗せたポンコツは一度抜かれた前のクルマとつばぜり合いを繰り返し、逃げ切れると思った瞬間、後ろから追突された。

ダットサンは崖から落ちそうになり、およう は憤然と——いや愕然と後ろを振り返る。

「あんたの親父、あんたが乗っていること、知ってるんだべ？ 娘ば殺す気な？」

ハナ子は江藤の掌中の珠だと思ったが、噂の親分は自分の矜持のためなら、その珠に自動車をぶつけるのもためらわないのか。

(とんだ、小者だじゃ)

その小者に、道をふさがれ、健吾はとうとうブレーキを踏んでしまった。

さもなければ、衝突してもろともに大事故になるところだったのである。

停止したダットサンを、再び立て直そうとしていたら、黒い二台の自動車から男たちが飛び出してきた。その後ろから、もったいを付けて現れたのが、健吾が鬼より恐れる江藤勝治だった。

どんな怪物かとおようは恐怖と好奇心の中間に居て、その姿に目を凝らす。

江藤は意外にも中肉中背で、平凡な体格の男だった。半分白髪の髪を短く刈り込んで、獅子っ鼻で口が大きい。目玉が丸くて、ギョロリギョロリと光るのには、なるほど常人離れした迫力があった。

「健吾よ、またやってくれだな？」

親分は、不機嫌そうな、しかし静かな声でいった。

子分たちはそれを合図に、わらわらと健吾を取り囲むと、袋叩きにした。

ハナ子は泣き声を上げて制止したが、男たちの一人だけが手を止めて親分を見た。

親分は何もいわずに、目とあごだけで合図して、男にハナ子を捕らえさせる。

「やめて――おとうさま、やめてください――」

ハナ子はおんおんと泣きながら抗議し、おようは気の強い犬のように男たちに躍りかかった。

どしりと、みぞおちにこぶしを埋められる。

おようは、からだをくの字に折って後ずさり、尻餅をついた。倒れるより前に意識を失くしていた。

二人が息を吹き返したとき、江藤たちはポンコツのダットサンもろとも、ハナ子を連れ去った後だった。

＊

駅まで歩かなければならないのかと途方に暮れていたら、通りかかった三輪トラックに拾われた。

「汝共（なんど）、何しちゃば？」

血まみれのチンピラと、パーマネントの髪を振り乱したパンパンである。一見して、怪しい二人だった。しかし、よっぽどのお人好（ひとよ）しなのか、それとも肝が据わっているのか、三輪トラックの運転手は、おようたちに親切だった。

「乗らなが？　どごまで行ぐ？」

「にいさんは、どごさ行ぐの？　用ッコ、あるんでねえの？」

おようが、切れたくちびるを手の甲でぬぐいながらいう。健吾はというと、くちびるが切れるどころか、血だらけあざだらけのありさまだ。

「おう、おらぁ、尾上の家（え）さ帰るどころだね」

スイカを積んで青森まで行って、売り切ったから帰る途中だという。おあつらえ向きだった。

「虹の湖さ、行きたいんだけど――」

「そったら格好して、デートな？」

運転手は笑ったので、おようもごまかして笑った。健吾は引き付けでも起こしたみたいに震えている。前に殺されかけた記憶がよみがえったのだろう。トラックが走り出し、吹きっさらしの荷台に乗っても、健吾の顔に表情はもどらなかった。

「意気地なし、このぉ」

横から腕を回して抱いてやった。

体温と血のにおいが伝わってきた。客の男たちを抱くのとは別の、好きだった男と抱き合ったときとも別の、ほんのりした温かみが胸に浮かんだ。幼いときに死んだ弟を思い出した。弟を背負ってあやしたら、親たちが褒めてくれたことを思い出した。

あの子は戦争を知らないうちに死んだから、まだ幸せだったのかもしれない。そう考えたら、涙がこぼれてきた。鼻をぐずつかせていたら、今度は健吾がおようの肩を抱いてくれた。

「あんた、年、なんぼさ？」

声がエンジン音と風で、吹き飛ばされる。

かろうじて届いた問いに、健吾がこれまたかろうじて聞こえる元気のない声で答えた。

「十九」

「へ。若えんだ」

「およう さんは、さ?」

「あたしも十九」

「あんたも若えな」

それきり黙り込んだ二人を乗せて、三輪トラックは山道から農道に入った。

再び傾斜のある道を上り出したころには、陽はすっかり暮れていた。のぼった月は巨大で赤く、人の居ない夜の景色を照らしている。

虹の湖の中の島に渡る船着き場まで、三輪トラックは親切に送ってくれた。笑うとしわだらけになる男の笑顔には、この怪しい二人連れのことを、追及してやろうという意図は読み取れなかった。こんな時間にこんなところに来てどうすると、説教するおせっかいさもなかった。

「せばな」

三輪トラックはとろとろしたスピードで遠ざかる。

健吾は月明かりの中を、渡し舟の桟橋まで駆け下りた。身の軽いおようも、すぐ後に続いた。

渡し舟が繋いであるかたわらに小屋があり、おようたちの気配を聞きつけて、じいさんが出てきた。ダボシャツに股引をはいた格好で、もう就寝していたらしい。舟を渡してほしいというと、ジロリと睨まれた。テフ子の無事を尋ねたら、足元に落ちている薪を拾って殴りかかってきた。

「汝共、何者だ！」

健吾は逃げ腰になり、そんな道連れに舌打ちをくれてから、おようはじいさんの胃袋めがけて猛牛みたいに突進した。

「ぐわあ」

頭があぐらの下のやわらかい部分に当たって、じいさんはカエルみたいな格好であおむけに倒れる。そのまま、動かなくなった。

「行ぐべ！」

「死んでねえか？」

健吾がおっかなびっくり、じいさんの息のあるのを確認してから、おようの後を追って舟に乗った。

「あんた、漕いで」

「舟だのって、漕いだことねえじゃ」

「あたしだって、ねえよ！」

　こっちはじいさんをぶちのめしたんだから、舟くらい漕げ。

　そんなつもりで睨んだら、健吾はしぶしぶ櫓をつかんだ。へっぴり腰だ。でも、舟は転覆もせず、立ち往生もせずに、水面を問題なくすすんで行く。ときどき左右にかしいで、そのたびにおようは、右に寄ったり左に寄ったりしてバランスを取った。

　街に比べて、夜気が冷たかった。

　月が、行く先の島を照らしている。

　そら恐ろしさを感じさせるほど、静まり返り、うごかない景色だった。

　夜の闇を吸って、ただ黒いばかりの島だ。

　舟を降りると、夏だというのに葉の一枚もない枯れ木の森が視界を覆っていた。ハナ子から、別荘のある島はメルヘンのような白い菊みたいな花の野原だと聞いたが、これじゃあ魔窟への入り口みたいだ。

　枯れ木の幹は月光の具合なのか、濃灰色に見えた。まるで炭の森だ。

　下草もなく、辺り一面が凸凹しているが、人の足で踏み固められたような一筋の道が通っている。それをたどって行くと、目の前に現れたのは生垣をめぐらした日本家屋だった。趣味の良いしもたやといった風情である。ただし、赤い月光の降る日本家屋は、ひどく陰気だ。

　ともあれ、島にあるのは西洋館だといっていたハナ子の話と、これまた食いちがっている。ただ、ここに来て初めて、木や草に葉がしげっていて、枯れ木の森の悪夢のような威圧感からは解放された。

（解放――）いや、この島は進めば進むほど、窮地に落ちて行くような危機感が胸にこみあげてくる。

　それをはっきりと実感したのは、庭の松の木に吊るされたものを見たときだった。高くすんなり伸びた松の枝から、人間が吊るされている。

女だ。

　青い矢絣の清楚な着物が、上半身脱がされて、縄で縛りあげられている。白くこんもりした乳房が、まるで蠟細工のように見えた。血の気を失った顔が、こちらを向いた。恐怖でなのか、絶望なのか、顔はからだよりもいっそう白い。

　それは、江藤テフ子だった。

「テフ子、テフ子、テフ――」

おようと健吾は慌てふためいてテフ子の名を呼び、次の瞬間、風が鳴る甲高い音が二人の口をふさいだ。

「――?」

ギャッと、テフ子の口から鳥のような悲鳴があがった。

白いみぞおちから血が噴き出す。

矢が突き刺さっている。

それが来た方向を見た。

小柄で頭の禿げた和服の老人が、もろ肌を脱いで、弓に矢をつがえていた。その姿は、からくり人形のように滑稽で、しかし矍鑠(かくしゃく)としていた。そして、背筋から黒い煙が立ち上るのが見えるかのような邪悪さに、およは身震いした。

「じじい――やめろ、この――」

およが向かって行こうとするが、健吾に羽交い絞めにされた。

「離せ、健吾――テフ子――テフ子――」

およたちが小競り合いをするうちにも、二本目、三本目の矢が放たれる。

二本目は外れて、およたちの足元に突き刺さり、三本目は乳房を貫いた。

また、濁った悲鳴が上がる。

それは苦悶の尾を引いた。

長い髪が、命のあるもののように、テフ子の顔にからみつく。

「ハナ子はどこだ！――なして、ハナ子ば連れて来ない！――よくもわれば騙したな！――われを舐めでかがった者は、生きで帰れると思うな――あ！」

四本目の矢が喉に刺さり、声がやむ。

テフ子が絶命したのだとわかったのは、矢がおようたちに向いたからだ。

なおも、老人に手向かおうとするおようは、健吾にとめられ、ずるずると後ろにひっぱられた。ざくり、ざくりと、矢が追って来る。それで初めて、おようも身の危うさを感じた。

健吾にひきずられるようにして、濃灰色の枯れた森を駆ける。

老人も駆けて来ているのだろうか、矢はどこまでも二人を追い続けた。

舟に飛び乗り、とも綱をほどくのももどかしく、健吾は櫓を使った。

矢は、湖の半ばまでも追ってきた。

＊

「虹の湖さっきや、そったら中の島なんてねえべな」

虹の湖には、中の島などない。

そういったのは、となりのバラックに住むインチキ霊能者のカミサマである。

露店で買った老眼鏡を掛けて、手相でもみるような目付きで新聞を読んだ。

「しかも、葉村の大親分は昨夜(ゆうべ)亡くなったってよ。ただし、湖の中の別荘ではなく、弘前のお屋敷でな。老衰だとさ。大往生だ」

およう は言葉を失くしている。健吾も来ていて、やはり黙ったきりだ。

地図を見たら、確かに虹の湖には島などなかった。虹の湖のことなら一から十まで知っているという尾上出身のドブロク屋に聞いても、湖の中にそんな屋敷などあるはずはないといった。

「まるで『アッシャー家の崩壊』だなあ」

そういったのは、これもまた近所に住んでいる、ろくでなしなインテリの福士学(ふくしまなぶ)だ。

「なにさ、それ」

ルミーが、握り飯を食いながらいった。福士の頬が、ちょっと赤くなる。

「『アッシャー家の崩壊』ってのはアメリカの小説で、神経質で陰気で人嫌いな大金持ちが、広くて暗い屋敷に住んでいて――」

「これ以上、かっちゃくちゃない（ややこしい）ことわないでよ」

おようはヒステリックにいった。

隠居の住まいは、象牙色の洋館なのか、陰気なしもたやなのか。

屋敷に続くのは、白い花の咲く野原なのか、枯れ木の森なのか。

どちらでもなかったのだ。

おようも、健吾も、ハナ子も、まぼろしを見ていたのだ。だって、湖中に島などなかったのだから。

しかし、まぼろしだったとしたら……いったいどこまでが現実だったのか。

湖に行ったところまで？

ダットサンを止められて、男たちにハナ子を連れ去られたところまで？

ハナ子がこのバラックを訪ねて来て、担ぎ屋にルビーを渡したところまで？

――わたしに力を貸してください。

ハナ子はそういったし、担ぎ屋はルビーを確かに受け取った。

だったら、テフ子は助かったのか？

「あたし、ちょっと出てくる」

「どごさ、行ぐの？」

ルミーが訊いてくる。

おようは、説明するのが面倒で、あいまいにかぶりを振った。

「ちょっと、その辺」

下駄の歯を鳴らして外に出た。

ランニングを着た子どもが、犬といっしょに駆けていた。勤め人らしい背広を着た男が、汗をぬぐいながら歩いている。こちらを見て、恥らいと嫌悪がないまぜの表情を浮かべて目をそらした。パンパンなど見るのもいやな、聖人君子らしい。はいはい、失礼いたしました。

だれかがまいたパン屑に、鳩が群れていた。

昨夜の活劇が、夢だったみたいに平和な風景だ。

実際に、あれは夢だったのだろうか。

あの悪魔みたいだった老人が、昨夜、弘前の本邸で亡くなっていたというのだから、おようと健吾が、そろってムジナにでも化かされていたというよりあるまい。そう考えてみても、少しも納得できないが。

屋台でアイスキャンデーを買って、舐めながら歩いた。

西に向かって行くと、ほどなく江藤家の大きな屋敷が見えてくる。

繁華街が近い大きな屋敷に、鯨幕が張ってあった。

丸に八重梅の家紋を描いた提灯が二つ、門前に提げてある。

そのかたわらに、喪服の婦人が弔問客を迎えていた。

まるでおようを待っていたみたいに、ハナ子が玄関から出て来た。見慣れたとおり
髪を三つ編みにして、しかし、見慣れない喪服姿だった。

「ハナ子！」

おようが呼ぶと、ハナ子はこちらに顔を向けた。

そばに居た婦人は、おようの行儀の悪い呼び捨てに顔付きを険しくした。けれど、
およう は、そんなことなど構っていられない。

「だれが死んだの？」

「姉ですわ」

ハナ子は静かに答えた。品の良い、しかし感情のこもらない声だった。

ズシリと、胃の腑が重たくなった。心臓が騒ぎ立てる。まるで悪い手品だ。

おようは、ハナ子の腕をつかんで、かみつくように尋ねる。

「なんで？　なんで死んだの？」

「酔っ払いの喧嘩に巻き込まれたんです。昨夜のことで――」

「昨夜って……？」

啞然とするおように、今度はハナ子がもの問いたげな顔を向けた。

「姉のおともだちでしょうか？」

「ああ、んだけど」

あんた、虹の湖までいっしょにテフ子を助けに行ったではないか。

どうして知らない人を見るみたいな目をするのか？

(この人、本当にあたしのことを忘れたの？)

混乱した。愕然とした。何か説明できないことが、確実に起こった。そう確信した。

ハナ子は、姉の最期を話す。

「いつもどおり、遊び歩いている途中、酔っ払い同士の喧嘩に巻き込まれたんです。刺されたときは息があったのですが、病院に担ぎ込まれたときは、もういけませんでした。喧嘩していたという人たちは、姉を誤って刺した後は雲隠れしてしまって、警察にも見つけようがないのだそうです……」

ハナ子の細い声が、何の意味ももたない笛の音のように聞こえる。

おようの胸に突然、この娘が担ぎ屋に向かっていった言葉を思い出した。

——わたしとご隠居さまの問題じゃなく、わたしと姉の問題なんです。

——わたしに力を貸してください。

さまざまな事柄が、またたく間に整然と並んだ。

葉村の隠居は、事実、ハナ子を妾にしたいといってきたのだろう。

それは、健吾の命を助けた対価だった。担ぎ屋に報酬を支払った対価だ。

テフ子が、やがくって（競って）隠居の住まいに押し掛けたのもきっと事実だ。

あるいは、警察から逃れてのことか。

ともあれ、そこは、虹の湖の中の島にある、葉村の別荘だった。

そんな姉もろともに、湖中の別荘ごと、ハナ子は現実から邪魔者を葬ったのだ。

ハナ子は、熨斗を付けて隠居に姉をくれてやった。そして、好色なじじいごと葬る

母親の宝石箱から盗んだというルビーが、その対価だった。

ことを、担ぎ屋に頼んだのだ。そのために力を貸してと、頼んだのだ。姉は恋がたき

であり、じじいは身の程知らずな邪恋で、ハナ子をしばろうとしたからだ。

この双子は、どちらも同じだけ月永健吾を思慕していた。ハナ子にとって、このた

びの騒動は渡りに船だった。競争相手を葬る好機だから。

（だけど、全部、夢まぼろしだ。あたしたちは、あの晩、まぼろしの中に居たんだ。

だけど……本当にテフ子は死んでしまった）

テフ子の現実の死の真相は——。

安保殺しのことを知った父親が、警察の捜査の先手を打ち、事故を装ってテフ子を片付けてしまったとは考えられないか。

まぼろしの殺人と現実の殺人が、同時進行していた。

「あんた、とんでもねえ女だ……あんただぢ、とんでもねえ一家だ……」

おようは、くいしばった歯の間からそういった。

ハナ子は、清潔を絵に描いたような表情で、小首をかしげる。

「どういうことですか？」

皆までいい終える前に、おようはハナ子の頰を張り飛ばした。

ハナ子は地面に倒れ、門の近くに居た婦人が高い悲鳴を上げる。

駆け付けた若い衆に、おようは叩き出された。

助け上げられるハナ子に向かって、おようは血の混じった唾を吐きかける。

「かんつけるなよ、ハナ子！　おめえだっきゃ、二度と健吾に近付ぐな！　二度とバラックの近ぐをうろつぐな！」

叫んだ途端に、とどめの一撃を腹に食らった。おようは、げえげえとえずきながら、よろめき、江藤家から離れる。若い衆はパンパンのおようのことを口汚くののしってから、ハナ子を抱えて門の中に入って行った。

およう は、裏道をとぼとぼと歩いた。

夏の光が背中に降って、天皇陛下の声をラジオで聞いた日のことを思いだした。あのときも、ルミーがそばに居た。もしかテフ子も一緒だったなら、きっと三人して乾杯しただろう。山猫の美味い酒で、それとも闇で買ったドブロクで、三人して――。戦争のない明日に、遊び回れる日々に、自由に、正義に。

「乾杯」

口に出していってみた。涙がこぼれた。

第五話　もう一度わたしは

1

バラックに住むろくでなしのインテリ、福士学が素人劇団を結成した。

ろくでなしの考えることは、度し難い。

食うものもない、着るものもない、住む家もないときに、演劇なんぞして、どうなる?

それでも、結団式の宴会には健吾も押しかけた。

日曜の真昼間から、福士の住む小屋が酒盛りの会場になった。

パンパンのおようとルミーも、健吾の同類である。演劇には少しも興味はなかったが、宴会と名の付くものは見逃がせない。

福士は一昨年、南洋から復員してきた。マラリアの後遺症で、ろくろく働くこともできずに、バラック住まいまでおちぶれた。無類のお人好しなのも、ろくでなしに拍車をかけた。人と争うのが苦手なので、割りの良い仕事を見つけても、他人に横取りされてしまう。

そんな性分だから、戦争で殺し合いをする必要に迫られたとき、どんな活躍ができたか――推して知るべし、である。福士は案外と男前なのに、上官に殴られて前歯が一本欠けていた。これのせいで、ずいぶんと間が抜けた顔に見えた。だから、芝居でも、ハムレットやロミオの役は出来まい。

劇団の名は、『さわらび』という。

「パッとしねえ名前だなあ」

ルミーが、とっておきのビールを遠慮もなく飲んで、そんな憎まれ口をいった。

おようも、自分のひざをばんばん叩いて、妹分の肩を持つ。

「んだ、んだ。血涙団とか悲桜隊とかさぁ、なんかこう、腹にグッと力の入るような名前、考えられねえんだがして」

およう の提案は、団員たちの寛容な笑いで却下された。

劇団さわらびのメンバーは、教師や看護婦や医者や本屋や新聞記者と、いずれもアカデミックな面々である。およようはすぐに打ち解けたが、ルミーはインテリというものが気に入らないらしく、可愛い顔でむくれていた。——それでいて、福士には仔犬（こいぬ）のように懐いているので、そばを離れない。見目好い看護婦や教師が福士に酌をしようと近付くと、今度は野犬みたいに怒って、鼻の上にしわなんか寄せている。

三時を回ったころ、新聞記者の一戸（いちのへ）が席を立った。

「取材があるから、失礼するよ」

「日曜でも、取材な？」

一戸の立ち去った戸口を見ながら、健吾がぜんまい式の置時計を見た。

「例の誘拐事件を追っているようだよ」

医師が、ドブロクを空けながらいった。おようが、何気なく訊く。

「誘拐事件？」

「浮浪児が、さらわれてるって事件さ」

「いやだ。子どもばさらうなんて——」

「かんつけてる」

看護婦と教師の若い二人が声をそろえて、おようの口真似をした。それで、一同が笑う。笑い話ではないから不謹慎なのだが、早くも酒が回っているらしい。

「おれも、そろそろ帰るじゃ」

立ち上がる健吾を、ルミーが心細そうに見上げた。こったらインテリの中に、あたしば置いで帰っちゃうの？　ルミーの不安げな顔には、そう書いてある。どうやら、健吾を阿呆（あほう）の同類と見ているようだ。

「おふくろのことが、心配でよ」

健吾は笑ってルミーの頭をごしごし撫でてから、バラックを出た。

＊

間借りしている部屋は、沖舘（おきだて）にある。

駅の西側。古川の跨線橋（こせんきょう）を越えて、もっと先だ。

かなり距離があるからバスに乗らねばならないのだが、実のところ、帰るのは億劫（おっくう）だった。母親が心配だといって宴会の途中で出て来たが、実はその母の顔を見るのが苦痛なのだ。

バスの停留所をやり過ごして、国道を歩いた。カンカン照りの空から、光が容赦なく降る。風景のコントラストが目に刺さった。道にトラックの玩具が落ちていて、健吾は立ち止まる。

（これ……）

一瞬で、十三年の時間が巻きもどった。

幼なじみの家からトラックのおもちゃを盗んだのは、健吾が六歳のときだった。子どもの手にも載るような小さなもので、けれど細部まで精巧に作られている。今にも空想の世界の狭い道路を、走りだしそうな格好をしていた。

最初から盗んだわけではない。

欲しくて欲しくて、何度も父にねだった。

父は自分自身が子どもみたいなたちで、しかし子どもの気持ちはわからない、大人のできそこないのような男だった。そんな父にしてみれば、おもちゃなど欲しがる子どもはただうるさいだけだから、頭ごなしに健吾を叱った。しかし、結局のところ、欲しい欲しいとねだる健吾に根負けして、おもちゃ屋に連れて行った。

あのトラックが手に入る。

おもちゃ屋に向かう道すがら、健吾は踊り出さんばかりに喜んだ。もともと顔のきれいな子どもだったので、無邪気に喜ぶさまは父の喜色をさそった。この顔だば、将来ろぐな男にならねえと、当人の前でも嘆く父だったが、このときは本当に愛しいと思ったのだろう。

けれど、トラックのおもちゃは売っていなかった。そういえば、幼ともだちは、健吾が欲しがるトラックを、北京(ペキン)に住む伯父さんが送ってくれたのだといった。イギリス製なんだと自慢していた。

こんなにもこんなにも欲しいのに、トラックはないのだ。

悲しくて口惜しくて、健吾は店の床に寝転がって泣きわめいた。そんな健吾を、父は鼻血が出るほど殴ったので、おもちゃ屋の店主と店員が慌てて止めに入った。欲しければ父に恥をかかせることも辞さない、腹が立てばわが子が血を流すまで打つ。似たもの親子だった。

健吾は幼なじみの家から、トラックのおもちゃを盗んだ。

「だって、タカちゃんがあげるっていったもん」

うそだ。

宝物のおもちゃを盗られた幼なじみは、健吾のしわざを両親に訴え、親子そろって抗議に来た。健吾はようやく手に入れたトラックを取り上げられ、また鼻血が出るほど打たれた。

「だって、にいちゃんが盗めっていったもん。にいちゃんも欲しいっていったもん」

天使みたいな顔を憤怒で紅潮させて、健吾はまたうそをついた。兄の康雄(やすお)は健吾と十歳離れている。どこをどう考えても、おもちゃのトラックを欲しがる年ではない。だけど、兄はかばってくれた。

「んだ。おれが、そういったんだ」

兄は殴られなかった。兄のおかげで、両親の怒りもうやむやになった。

健吾はそんな兄を憎んだ。


兄の戦死を知らされた日、健吾は行きつけのカフェーで女給とちちくりあっていた。

握手が十円、接吻が二十円、三十円から百円までは何をするかご相談——新円に切り替わる前の十円、二十円は馬鹿にできる金額ではない。でも、女給たちは健吾のためならば、ただで手も握らせたし、接吻などされたらかえって金を貢いだ。金持ちの不良な主婦もそうだし、料理屋の女将(おかみ)もそうだ。だから、いつだって健吾は遊ぶ金にはことかかない。

「健にいちゃん」

妹の美子(よしこ)が来たとき、健吾は女給の襟から手を突っ込んで乳房にさわっていた。女給は大勢が居る店の中だというのに、息を荒くして健吾にしがみついていた。――カフェーとは、そんな場所なのだ。蓄音機から流れているのは、関種子(せきたねこ)の『あけみの唄』だ。

唄に合わせて気分よく首を振っていたら、美子がすぐそばに立っていた。見たこともない暗い顔をしていた。ああ、とうとう来たのかと思った。赤紙（召集令状）が――である。

「帰ろう」

「ああ」

美子にいわれるまま、家路についた。美子を自転車の荷台に乗せて、古川の跨線橋を越えた。

美子は細い声で歌いだした。

――十五夜お月さん　妹は　田舎へ　貰(も)られて　ゆきました。

美子は小さいころから、この童謡が好きだった。没落した金持ちの唄である。……古くからいる女中が暇を出され、妹は田舎の働き手として養女にされた。わたしは、ひっそり家に残され、死んでしまった母親に、もう一度会いたいと願っている。とことん、辛気くさい唄だ。

どうしてこんな不幸な唄を作ったのか。

どうしてこんな悲しい唄が、美子は好きなのだろう。妹は妹なりに、人生は悲しくて当たり前だということを知っているからだろう。

聞いていると気持ちがふさいでくるが、やめろとはいえなかった。

美子は自転車の荷台に横座りして、健吾の腹に片腕を回してつかまっていた。その手が震えていた。妹は泣く代わりに歌っている。美子は家族思いの娘だ。瘋癲（ふうてん）の次兄のことすら、分け隔てなく愛してくれている。だから、赤紙のことがいいだせなくて泣いているんだろう。

――十五夜お月さん　かかさんに　も一度わたしは　会いたいな。

大日本帝国の国民たちは、皆がそろって馬鹿なふりをしているけど、本当は馬鹿ではない。大本営が華々しく発表する戦果など、真に受ける人間はどこを探したって一人もいない。皆、死ぬのだ。南洋に送られて玉砕するか、ここに残って空襲で焼かれて死ぬか、飢えて死ぬか、敵前逃亡して軍事法廷にかけられて処刑されるか、特攻隊に行かされて死ぬか、商売女に病気をうつされて死ぬか、本土決戦になって敵に撃たれて死ぬか――。

「康（やす）にいちゃんが、死んだって」

「え？」

バランスをくずして、慌てて自転車をとめた。

歌うのをやめた美子は、ようやく泣き出した。

「そうか」

美子が迎えに来たのは、健吾が召集されるというためではなかった。長兄の康雄が戦死したことを告げるためだったのだ。

そうと知っても、健吾は悲しくなかった。しかし、それでは格好がつかぬ。悲しんでいるふりをして、何かいわねばと思ったが、言葉が浮かんでこない。ふるふると震えながら泣く美子が、泣かない健吾を責めているような気がした。

だけど、美子もその夜から十日しか生きられなかった。

七月二十八日の大空襲の後、だれだかわからないほど黒焦げになった姿で見つかった。

美子が居たのは、健吾の行きつけのカフェーの近くだった。遅くなってももどらぬ健吾を、また迎えにいったのかもしれない。健吾があんなカフェーになど通わなかったら、健吾があの夜家に居たら、妹は黒焦げにならずに済んだかもしれない。

あの夜から、一万回も、百万回も繰り返し、健吾はそのことを考えている。

「辛気くせえ歌、歌ってるなじゃよ」

そういわれて、肩をド突かれた。

顔を上げると、アロハシャツを着たチンピラが三人、健吾の前に立ちはだかってい
る。こちらと同類、街の愚連隊だ。

考えるより前にからだが動いていた。

一人を殴り倒す。

同時に怒号が上がった。

「このガギァ、ぶっ殺すどお！」

ひざのうらを蹴られて転ぶと、三人がめいめい、いっせいに尖(とが)った靴で腹といわず
顔といわず蹴りつけてくる。

（おう、死んでやらぁ。汝共(なンど)も道連れだや）

一人の足にしがみついて倒した。

それがよけいに火に油を注いだのか、倒されたヤツが飛び起きて腕を健吾の首に回
した。

容赦なく絞めてくる。

息が止まり、首の骨の鳴る音がした。

こりゃあ、駄目（まいね）だ。殺される。

そう思ってからは、時間がやけに緩慢に流れた。

女の声がする。年寄りらしい、しわがれた声だった。

「やめなさい！　あんたたちを産んだおかあさんに、恥ずかしいと思わないのか！」

その言葉の何に、力があったのか。後になって思い返しても、陳腐なセリフだった。

しかし、チンピラたちは健吾をいたぶるのをやめた。

健吾自身、彼らと同類であるような気持ちになって、そんな自分のていたらくが、世の中に対してひどく申し訳ないような気持ちになった。

さりとて、蹴られて絞められたあちこちが痛くて、目も上げられない。足音と気配だけで、三人が逃げ去るのはわかったが。

しわがれた声の持ち主が、耳元で怖い声を出す。

「ああ、こんなにやられて。馬鹿な喧嘩で、命を落とすところだべな」

＊

その人の名前は、東海林ツヱといった。

六十歳ほどの、白髪混じりの髪をおかっぱにした、小柄で痩せた婦人である。

ツヱは、健吾が喧嘩騒ぎをやらかした堤町の、線路のすぐそばの広い一軒家に住んでいた。

家族はないが、同居人はわんさと居た。戦災孤児を引き取って、飯を食わせ、家に住まわせているという。小学校に上がる前の子どもばかり、二十人近くも居た。だから、家の中はまるで幼稚園のありさまだ。走る者、泣く者、取っ組み合う者、食べ物を分け合う者、ツヱの手伝いをする者――こんな小さいのに、優秀なのと、そうでないのとに分かれている。見ていたら、笑えてきた。

子どもたちの大騒ぎは、ある程度までひどくなるとツヱの雷が落ちる。不良を叱咤したよりも、よっぽど怖い怒鳴り声だ。炒り豆のような子どもたちは、ツヱのこの一声で行儀よくなった。五分ばかり、しん……とした静けさが続く。それからまた走る泣く取っ組み合うが始まる。

羊太という子どもが、健吾の手当を手伝ってくれた。

形の良い頭を丸坊主にして（ツヱが刈っているらしく、虎刈りで）、ランニングシャツに半ズボンをはいていた。足は当然のこと、はだしだ。辺りを駆け回る連中も、判で押したような風体である。羊太もいっしょになって遊びたかろうに、脱脂綿を使って健吾の傷に器用にヨードチンキを塗っている。

「痛え！　痛え！」

ヨードチンキは、しみるのだ。

「にいちゃん、すげえ。もう治っている傷もあるよ」

「ああ、それは別のときの怪我だ」

前に半殺しになった傷がまだ痕になって残っている。

ツヱは乱暴な言葉で、健吾の無茶さを叱った。

「あんた、こったら生き方してでら、そのうぢ死ぬえ？」

「死ぬとぎは、死ぬべな」

まるで母親に反抗するように、そう答えた。すかさず、頭をはたかれる。

「馬鹿者。せっかぐ戦争を生き延びだ命だ。大事にしねえでどうする」

大方の手当を終えると、ツヱは台所に去ってしまった。

「にいちゃん、それ、何の歌？」

羊太は、くるんとした頭をかしげて健吾を見上げてくる。きちんと正座している姿が可愛い。健吾が何のことかわからず目をまたたかせて、ようやく自分が歌っていたのに気付いた。『十五夜お月さん』だ。

羊太は自分でも歌った。

十五夜お月さん　かかさんに　も一度わたしは　会いたいな。

「おれも、かあさんに会いてえや」

羊太は笑いながらいった。

「おめえのかあさんは、このおばちゃんだっていったべ」

ツエが、まな板に載せたスイカを運んできた。羊太とは別のおりこうさんが、まな板に載り切らなかった分を皿に載せて後からついてくる。

縁側と廊下で騒（ぞめ）いていた連中が、わっとばかりに集まった。

そんな子どもたちに混じって、健吾もお相伴にあずかった。

スイカは冷えていなかったけれど、充分に美味かった。

「にいちゃん、サイダーって飲んだことある？」

「スイカとサイダー、どっちが美味い？」

子どもたちは、口々に他愛ないことを話しかけてくる。

「にいちゃん、自動車に乗ったことある？」

「にいちゃん、自分の名前、書げる？」

スイカをたらふく食べて、わら半紙に全員の名前を書いてやって、食べたスイカが早くも小便になって便所を借りてから、健吾はツヱの家をあとにした。

線路のわきから、人相の悪い男が二人、ツヱの家の方をうかがっていた。

とっさに、バラックで聞いた誘拐事件のことを思い出して、胸騒ぎがする。

追い払ってやろうかと思ったが、蹴散らしたところで、また来られたらどうしようもない。第一、さっきのチンピラたちより、がたいの大きな男たちだ。蹴散らすよりも、またこちらが伸されてしまうこと、うけあいである。結局、見なかったことにして、通り過ぎた。

＊

沖舘の家に帰ると、雪駄を脱ぐ前から、大家のおかみさんに小言をいわれた。

「あんたのかあさん、ずっと調子が悪がったんだよ」

そういわれて、健吾は不良たちに不意打ちをくらうよりダメージを受けた。

母は重荷だった。そう思うことの罪悪感が、やはり健吾には重すぎる。

空襲で父と妹が死んで以来、母は正気を失った。

健吾は子どものころから出来の良い兄と比較され、父から冷遇されていた。兄の戦死がわかったときも、兄弟が逆だったらよかったものを、と、あからさまないわれ方をした。そんなときでも健吾の味方だった母は、やっぱり健吾と二人で生かされたことに耐え切れずに、気が触れてしまったのだ。食の細い赤ん坊のように、食べるものもろくに食べず、話しかけても言葉を理解することなく、日がな宙を見て茫然としている。便所と風呂に自発的に行けるのだけが救いで、健吾はそんな母親のことを、大家のおかみさんにまかせっきりにしていた。逃げるよりほかに、母をどうしていいのかわからないのだ。

「泣いで騒いでさ――うちだって、こうして商売しているんだから――」

あんたのかあさんには、困り果てたよ。

その言葉を呑み込むおかみさんに、健吾は頭を下げた。礼をいうべきか、詫びるべきか、何をいってもむなしく響くのを知っているから、健吾は黙るよりなかった。迷惑をかけたと余分に払う金もない。母をここに置き去りにできるほど、悪いやつにもなりきれない。

心の中に、真っ黒な入道雲が膨れあがる。

雲の中から、自分の声が聞こえる。

早く死んでくれ。ああ、かあさん、早く死んでくれ。頼む。息子を困らせて、それがかあさんの本望か？　少しでも息子のことを思うなら、消えてくれ。死んじまってくれよ。

黒い本音に染まって、健吾の心は墨のようになる。

「――すみません」

健吾はそれだけいって、二階にあがった。

母と二人住まいの六畳間は、カーテンが引かれていてうす暗かった。

「かあさん、ただいま」

健吾がふすまを開けると、まくらに載っている母の顔が見えた。すっかりやせてしまっているので、かけぶとんの下には何もないように見える。ただ顔だけが布団のふちにくっついてでもいるみたいだ。

「ヤア坊？　帰ったのか？　ごはん食べるか？」

眠っていると思った母は、枕の上からそう問いかけてきた。

ヤア坊というのは、兄の康雄の幼い時分の呼び名だ。

兄と十歳離れている健吾は、兄が実際にそんな風に呼ばれているのを聞いたことがない。

母の中で、時間は滅茶苦茶に流れている。正気を失くした母は、現実よりも妄想を信じていた。生きている次男よりも、死んだ長男を愛していた。当たり前だ。兄は死ぬ瞬間まで孝行息子だった。弟は生まれたときからクズだ。だから、父親の叱責からいつも健吾をかばってくれていた母にも、やはり兄だけが大切な息子なのだ。

（かあさんだって、戦争で死んだのがにいちゃんでなくて、おれだったらよかったのにって、思ったべや……）

だから、自分にだって、廃人になった母が消えることを願う権利がある。

現実になりっこないから、健吾は甘えているのか？

ままならない現実をいいことに、母の死を願っているのか？

ため息が、胸につかえる。

重くて、憎くて、しかし捨てきれないのが肉親というものなのだ。大家の夫婦だって、健吾たちが遠縁だからという理由で、ここから追い出せずにいる。どうしようもない……どうしようもない……そう胸中で唱えながら、健吾は優しい声でうそをいった。

「うん。帰ったよ。ごはんは――今、下で食べたよ」

「そう。美味しがったが？」

母の声は、康雄をヤア坊と呼んでいた当時のように若い。

健吾は急に母が哀れになった。

かあさん、おれの居ない間に何があったの？　なして泣いだの？

訊いても、母は錯乱したことすら覚えていないだろう。母の頭の中は、健吾を除く家族をすべて亡くした二年前の夏で止まったままだ。

妄想を手繰って過去へ逃げても、必ず家と家族を焼かれた夏へともどる。

母はいまだに、空襲の中を逃げ惑っている。

――泣いで騒いでさ――うちだって、こうして商売しているんだから――。

おかみさんの言葉は、鋭い棘だ。

いいかげん、母親の世話は自分でしろ。そういっているのだ。

健吾には母の看護に明け暮れるなんて出来ない。外で稼がねば食っていけないし――それ以上に、母のそばには居られない。母親が茫然と宙を睨むこの部屋は地獄だった。仕事をやめて母の世話をするようになったら、健吾こそが正気ではいられまい。

「ヤア坊？　帰ったのか？　ごはん食べるか？」

天井を見つめる母が、さっきと同じ声で、同じことを訊いた。

兄が死んで、父が死んで、妹が死んで、悲しかったか？

そう自分に訊いた。恐ろしい問いである。少しも悲しくなかったから、恐ろしいのだ。

2

健吾は砂糖を背負って浪岡(なみおか)の駅に降りた。

隠退蔵物資というものがある。

戦時中に軍隊が民間から接収し、隠匿していた食用油や、小麦粉や、米、砂糖などだ。金やダイヤモンドなどもあった。これが戦後になって、日本のあちこちで見つかっていた。共産党と社会党が先頭に立ち、進駐軍のMP（憲兵）や警察官が立ち会って、この宝探しが大々的に行われている。

先日も、青森港に停泊していた船籍不明の小型船から、一千斤の砂糖が見つかった。

その十分の一を担ぎ屋がちょろまかして来て、健吾が田舎で売り歩いている。警察に知られたら、手が後ろに回る。戦々恐々(せんせんきょうきょう)な商いだ。

一軒一軒を回るのが順当だが、面倒だから香具師のタンカバイをまねて、汽車の中とか、駅前の目抜き通りでやってみた。

「この上等な砂糖を、一斤二百円といいたいところだが——百九十円、百八十円でも飛び切り安いが、えい、百五十円だ」

竹夫という、江藤の子分から教わったバナナのたたき売りのまねである。素人の健吾には、とうてい本物の足元にもおよばないが、それでも受けた。

宵宮（よいみや）や観桜会の露店を思い出したのか、まずは子どもたちが集まってくる。大人たちも三々五々やって来た。

「おにいさん、百円にならねえな？」

「百円だって？ ひゃー、堪忍（かに）してけぇじゃあ。せば特別だぇ、百四十円！」

田舎では米や野菜は豊富にあっても、砂糖となるとそうもいかない。百斤背負わされた時は途方に暮れたが、案外によく売れた。さりとて、香具師とトラブルを起こして半殺しにされてから、まだ間がない。江藤勝治のおひざ元で、こんな商売をするとは、われながら心臓に毛が生えた所行だ。

一斤残して全て売った。

やれやれである。

自分から弟子入りをせがんだのだから文句をいえないが、担ぎ屋の仕事はとりとめがなく、途方もない。先日は、マタギが熊を撃ちに行くのに付き合わされた。また別の日には山で首をくっている男の死体を取りに行かされた。そうかと思えば、正真正銘の絹の靴下を七十足、東京から来た女優の楽屋に届けたこともある。

一斤だけ残した砂糖を、堤町の東海林ツヱの家に持って行った。

「ああ、月永さん」

ツヱは、健吾のことを簡単に叱り飛ばすくせに、まるで紳士みたいに呼ぶ。

そんなツヱが、健吾の顔を見ると腕にすがり付いてきた。気丈な老婦人だと思っていたから、驚いた。

「どうしたんですか?」

「羊太が居なぐなったんだおん」

「え?」

みやげの砂糖を渡すのも忘れて、健吾も顔色を変えた。

「実は、あの童子(わらし)、昨日、里親のとごろさ行ったんだおん」

ところが、もらわれて行った先から、すぐに行方をくらましてしまったという。

そう聞いて、健吾はすぐにいやなことを思い出してしまった。新聞記者の一戸から聞いた話だ。

身寄りのない子どもを狙った誘拐魔を追っている一戸だが、それが猟奇事件の様相を帯びてきている。

人間の子どもの内臓で造る〈児肝(じかん)〉という万能薬が出回っている。

連れ去られた子どもたちは、その原料にされているというのだ。

児肝を造って売りさばいているのが、〈おすべてさま〉という民間宗教の教祖らしいのだが、その〈おすべてさま〉の正体がつかめない。

だれが信者で、だれが児肝を買っているのか。

すべてが五里霧中のままに、児肝は確かに売り買いされているのだという。

健吾の頭をよぎったのは、その悪辣な大人の手に、羊太が捕らわれてしまったのではないかということだった。

堤の東海林ツヱ宅の近所を探してから、里子に行ったという芳賀(はが)家の周辺を歩き回った。

養父母の芳賀夫妻は、ともに四十代の、気の弱そうな堅気者だった。

夫の方が県庁に勤めていて、妻は病弱で寝たり起きたりを繰り返している。運のよいことに、空襲で家が焼けなかったので、古い一戸建てに住んでいた。

健吾は黒地に赤いハイビスカス柄のアロハシャツを着て、髪をオールバックにして、足は雪駄履きという、不良の代表みたいな格好なものだから、訪ねて行ったら露骨に警戒された。健吾自身も決まりが悪かった。

「東海林のばあさんに、助けでもらったチンピラです」

健吾は正直に白状する。

芳賀夫妻は面食らい、顔を見合わせて困ったように笑った。

「羊太はいつから居ないんですか?」

「昨日、うちさ来たんです。おやつば食べて、一緒にお風呂に行って、晩ご飯も食べて、機嫌良くしていたんですよ。んだのに、今朝起きたら――」

今朝起きたら、布団の中はからっぽで、玄関から下駄が消えていた。荷物は最初からない。一日だけ、子どもの居るにぎやかさを味わった後だけに、喪失感と心配はただならず、夫妻の胸を締め付けた。

「わたしは、今日は県庁を休んで、朝から探しているんです」

「警察さは?」

「東海林さんが届けたと――」

警察も当てにならねえからな。

その言葉を、健吾は無理に呑み込んだ。これ以上、この悲し気な夫婦を不安がらせるのは、得策ではない。しかし、敗戦で日本がひっくり返ってからこちら、警察は闇物資の取り締まり、パンパンの取り締まり、愚連隊たちの取り締まり、押し売り、泥棒、さらには例の人さらいを挙げねばならないし、迷子一人に手を回す余裕はないだろう。

「おれ、捜します」

健吾はそれだけいって、玄関から表に出た。県庁勤めの亭主も、一緒に来た。

合浦(がっぽ)公園で、進駐軍が本国から連れて来た子どもと、地元の子どもが遊んでいる。その中に羊太の姿はなかったし、皆を集めて訊いてみても、だれもかぶりを振るだけだ。

芳賀は南の方角を、健吾は線路に沿って東の方に行った。

日が暮れるまで探して、いったん芳賀の家にもどった。

芳賀の家には電話があって、女房が話し終えたところだった。相手は警察だろうと、健吾は思った。

「もう遅いし、月永さんは帰ってください。あとはわたしだぢで――」

玄関からせまい居間が見えた。

握り飯が皿に盛ってあった。

羊太が帰ったら、食べさせるつもりなのだろう。

このまま帰らなかったら、羊太はきっと腹を空かしている。どこで眠るのか、蚊に食われているだろう、雨は降らないだろうか――。心配が胸に迫った。

「羊太の馬鹿ケが……」

健吾は思わずつぶやくと、芳賀の女房に深く一礼して、玄関を出た。

東海林ツヱの家に立ち寄ったが、やはり羊太はこちらにも来ていない。そう教えてくれたのは子どもたちで、ツヱ自身はまだ外を探しているようだった。

沖舘の家にもどると、大家のおかみさんに大目玉を食らった。

「こんな時間まで、どごさ行ってだのさ！」

子どもじゃあるまいに、叱られるほどの遅い帰宅ではない。

きょとんとしていると、血相を変えたおかみさんは、健吾の母が行方不明なのだと、割烹着をもみしだきながらいった。大家のおやじさんも、近所の人も加勢して、午後からずっと捜しているのだという。ラジオ屋のある一帯は人情が篤くて、近所の一大事を放っておかない気質がある。

「そんな」

健吾は声をつまらせた。

母に消えてしまえと願ったから、それが現実のこととなったように思えたのだ。

動悸がして胸を押さえると、何も知らないおかみさんたちが、いたわって背中をさすってくれた。

健吾はただおろおろと頭を下げる。

「すみません――すみません」

「だれも悪ぐねえんだ。さあ、捜すびゃ」

銭湯のおやじさんが、励ましてくれる。

健吾は家には上がらないで、そのまま外に引き返した。

空き地から、廃屋、埠頭まで、捜しまわった。

一日中、羊太を捜して疲れていたから、もう全身が重かった。

夜の十一時にいったんもどったが、まだ帰っていないと、おかみさんが暗い顔をする。ふたたび外に出ようとするのを、アロハシャツの裾を引っ張って止められた。

「ご飯ば食べなさい」

ラジオ屋の店と障子を一枚隔てた居間には、ちゃぶ台に握り飯が載っていた。味噌を塗っただけの握り飯に、沢庵が添えてある。蝿帳がかぶせてあった。

「手を洗ってからの」

おかみさんは、母親みたいなことをいう。二人の男の子を育てたおかみさんには、自分の息子たちに比べて健吾の素行は目にあまるだろう。今日はこんな場合だというのに、それでもやっぱりいそいそと世話を焼いてくれた。

「ゆっくり嚙んで食べるんだよ。ノドつまりするからね」

ガラスのコップに麦茶を入れて持ってきた。

おかみさんの握り飯は大きくて、一つ食べれば満腹になった。それでも、もう一つ食えといってきかない。それに甘えて二つ目にかぶりついたら、電話が鳴った。

「ケイ……警察ですか？」

受話器を耳に当てたおかみさんは、仰天した声でそう繰り返している。

警察とは——健吾も緊張する。

闇ブローカーの小笠原のことが胸に浮かんだ。

そして、江藤テフ子の死のこと。

あるいは、羊太が〈おすべてさま〉に捕まって、生き肝をとられて殺されてしまったのではないか。

（いや）

東海林ツヱにも芳賀夫妻にも、ここの電話番号を教えていないことを思い出す。安心と不安は水に落とした墨のように混じり合った。

おかみさんは、電話に向かってしきりと頭をさげ、

「おかげさまです、おかげさまです」

と繰り返した。悪い知らせではないらしい。それでも目を見開いて、うつろな表情で飯を咀嚼する健吾に、受話器を置いたおかみさんが振り返った。

「あんたのおかあさん、見つかったんだどさ」

「え。どごさ居だんですか？」

飯粒を飛ばしながら訊いた。

胸のつかえが一つだけ取れて、健吾は強い興奮と疲労を同時に感じた。

「横内浄水場の水源近ぐさ倒れていだんだど。どうやって一人して、あそごまで行ったもンだがさ――」

星の観察に行っていた中学校の先生が見付けて、病院まで運んでくれたという。先生は横内まで自転車で行っていたので、意識のない相手をおぶって帰るのには、大変に骨が折れたそうである。

「不思議だこともあるもんだのう。むかしの人だば、狐が憑いだっていうべの」

狐憑きという言葉のいかがわしさが、くだんの〈おすべてさま〉を連想させて、健

吾はいやな気持ちになった。母は無事に見つかったが、羊太はまだ百鬼夜行（ひやっきやこう）のちまたに一人で居る。

母も羊太も、どうしてこんな騒ぎをしでかすのか。安堵と焦燥とが入り乱れて、気持ちが変になりそうだった。いっそ母が、永久に見つからなければよかったのにとも思った。そう思ったとたん、罪悪感で居てもたってもいられなくなった。

＊

母は衰弱がひどかったために、入院させられることになった。

おようとルミーが、交代で付いてくれた。

「善人の真似ごとをしてみたいのさ」

恐縮する健吾に向かって、おようはそういった。

「だってパンパンなんて商売してると、股ぐらをすり減らすばっかりだべさ。そうせば、気持ちもすり減るのよ。だから、人のためになることをすれば、こっちも助かるんだよね。それにあたし――」

若いころは看護婦になりたかったんだ。

まだ十分に若いくせに、人生の取り返しがきかないだけ生きたみたいに、おようはいった。ルミーはもっと無邪気で、鯨の缶詰をもらったから、〈おばさん〉といっしょに食べるのだと、満面に笑みを浮かべている。

「悪（わり）いな。恩に着るじゃ」

頭を下げたら、思いもよらず、涙がこぼれた。

おようとルミーは面食らって、笑いだす。

「泣ぎしな、泣ぎしな、よしよし」

ルミーが健吾の頭を抱いて、髪を撫でてくれた。ルミーのほとんど膨らみのない乳房が頬に当たった。頼りなくて、温かかった。

母はおようたちと打ち解け、健吾が子どもだった時分のことをよく話した。——母の中では健吾はいまだに幼い子どもであるらしい。いや、戦争で亡くなったのは健吾で、兄の康雄と妹の美子は今も元気で居ると思い込んでいた。

「康雄は東京で結婚したの。もうすぐ孫が生まれるから、かあさんに会いに行くって電話がきたんだよ。美子も東京の学校に行って、洋裁の勉強しているんだおん。かあさんさ洋服作ってくれるってのう。——お盆には帰れへって。健吾のお墓参りさねえば、あの子は寂しがり屋だから——」

笑って話すうち、七月二十八日の青森空襲のことが、意識の表面に浮上したらしい。

黒焦げになった夫と娘を見たことを思いだした。

二年の時間は、彼女にとっては無に等しかった。

高い悲鳴が上がり、医師と看護婦が駆けつける。

母は精神科病棟に移された。

3

数日の間、バラックに担ぎ屋の姿がなかったので、健吾は羊太を捜す以外の時間、福士の小屋に入り浸っていた。ここは素人劇団のたまり場になって、団員である新聞記者の一戸が、取材してきた情報をここでよく聞かせてくれた。

〈おすべてさま〉の信者の住まいがわかって、これから張り込みに行くという。

「その家の細君が重病になって助からねえって医者さも匙(さじ)を投げられだとぎ、〈おすべてさま〉さ拝んでもらって、病気が完治したそうだ」

一戸は、開襟シャツの襟に伝う汗を、手の甲で拭った。

健吾は恐ろしい話を聞いたように、顔をゆがませる。

「病気が治るという と……」

「例の、児肝だべな」

〈おすべてさま〉は、違法中の違法である人間を材料にした薬を用いることから、自ら慎重になり、なかなか正体がつかめないらしい。

「そったらもので病気が治るんだば、牛の内臓でも豚の内臓でも同じだべな」

「いや。人の命を入れ替える――そういう意味なんでねえべがな」

一戸は、自分の中でもまだあいまいな結論を確かめるように、ゆっくりといった。

「身代わりを殺すことで、死ぬはずのやつば助けるって意味な?」

健吾は顔をしかめた。すごくいやな考えだ。まるで人柱ではないか。

「それも生命力のある子どもを犠牲にすることで、無理なことを何としても成し遂げるって意味なんだろうな」

福士が口を出した。やはり、口をゆがめている。

「児肝は子どもを殺して作るもの。探してみたら、『今昔物語』に書いてあったよ。平貞盛(たいらのさだもり)が矢傷をこじらせて腫瘍になり、児肝でなければ治せないということになって、赤ん坊の肝(きも)を取ったたって話だ。

えらく残酷な話なんだ、男の子の内臓でなきゃいけないっていうんで――。妊娠している飯炊き女の腹を裂いてみたところ、女の子が出てきたから、それを捨てて、結局別の男の赤ん坊から生き肝を取ったなんてね」

「でも、『今昔物語』つうくらいだから、物語(はなしコ)なんだべ？」

健吾が救いを求めるようにいうと、福士はかぶりを振った。

「いや。児肝は、こっそり使われてきたらしい。天保(てんぽう)十年っていうから、江戸時代だな。今の山梨県でも、不治の病の治療に、児肝を用いたという記録がある。殺された子どもは、友八(ともはち)という男の三男坊で、十歳になる米蔵(よねぞう)という少年だ」

「……そしたことを、今時になって青森でもやってるってことな？」

「んだな」

一戸は親指であごを掻いた。

「それを飲んだ者は、どんな病気でも治る。死ぬべき者が、生きるべき者を殺して助かる。つまり、児肝とは、人の命のすり替えみたいなものだ」

「そったらこと、信じてるのか？　あんた、新聞記者だんだべ？」

健吾はあきれた。

〈おすべてさま〉なるものに理屈など必要なかった。それはただの邪教で、それを行う者、信心する者の心を表現するとすれば、狂信というよりない。健吾には、そうとしか思えない。

「健吾さんは、石頭だな」

一戸はそういってから「褒めたんだよ」と付け加えた。

「難しいことは、要らねえからや――」

健吾の頭の中は、まだ見つかっていない羊太のことでいっぱいだ。子どもを殺す邪教のしっぽをつかんだのなら、羊太がそこに近付いていないことを確かめたい。

「おれも、その信者の家さ行っていいべが？」

「おう、心強い。来い、来い」

一戸は、健吾の申し出を気持ちよく受け入れてくれた。

ところがいざ行ってみると、そこが羊太の養子先、芳賀夫妻の家だったので健吾は愕然とした。

「前に話した、東海林ツヱというばあさんが居るべ」

「ああ、戦災孤児ば家に置いてやっている篤志家(とくしか)だな」

「そのばあさんの家から、羊太が里子に出されたのが、この家だんずや」

「何だって？」

一戸の顔に暗い驚愕が浮かんだ。

「この家の夫婦は〈おすべてさま〉の信者なんだぞ」

すでに、羊太が生き肝を取られて殺されてしまったのではないか。

一戸の胸に浮かんだ絶望的な可能性が、健吾の胸にも伝播する。

居なくなった羊太のために、握り飯を握っていたのも、芳賀の誠実そうな態度も、細君の弱々しさも優しさも、全て見せかけのものだったと思ったとたん、頭に血が上った。

すぐに芳賀の家に行って、羊太を助け出す。殺されているにしても、骨を拾わねば気が済まない。そういって、飛び出して行く健吾を、一戸が慌てて止めた。

「何もなかったら、どうする気だ？　不法侵入だぞ、きみが犯罪者になるんだぞ！」

「それが、どうした！」

「シッ！　声が大きい！」

「それが、どうした！」

「ここで下手を打ったら、記事が台無しになる！」

「それが、どうした！」

芳賀の家の筋向いの塀に隠れて、健吾と一戸は、まるで太郎冠者と次郎冠者のような騒ぎを繰り広げる。

行く、行かせぬと、揉み合いする中、小さい手が健吾のズボンを引っ張って止めた。

死んだ子どものことを考えているさなかだったので、そのささやかな気配が背筋をそそけ立たせた。

健吾の顔色が変わったのを見て、一戸も同時に視線を落とす。

そこには、ランニングシャツに半ズボンをはいた、虎刈りの子どもが居た。

「おにいちゃん」

「はあ？」

健吾は開いた口がふさがらず、一戸はそんな健吾が興奮のあまり気が変になったのかと思ったようだ。一戸をおしのけて、健吾は子どもの前にしゃがみ込む。

「羊太――羊太だべな――おめえ、今まで何しちゃあば――」

健吾は思わず小さな体を掻き抱いた。

そのとき、芳賀家の玄関から細君が現れたので、一戸は羊太ごと健吾を引きずって死角に隠れた。

「ここに居たら、まずい。まずは、福士の家にでも連れて行こう」

「いや――まずは東海林のばあさんに、羊太の無事を……」

いいかけた健吾を、一戸はかぶりを振って止めた。

「その人は、〈おすべてさま〉の信者に里子をあずけた本人だべな。一味だがもしらねえ」

「だって――おめえ――」

ツヱは健吾を袋叩きにした不良たちを、諭して追い払った。自宅に孤児たちを寝泊まりさせて、落ち着き先を探している徳のかたまりのようなばあさんだ。〈おすべてさま〉の信者と一蓮托生にされるのは業腹だった。

きっと、良かれと思って、たまさか世話した先が、邪教の信者だったというだけだ。それも、羊太がこうして生きているとわかったのだから、芳賀夫妻とてあながち極悪人とはいいきれまい。

「話は後だ。この子、腹が減ってるべし、ヘトヘトだべ」

そういわれて、ようやく健吾も黙った。

羊太を負ぶって、青柳のバラックにもどった。

*

一戸はすぐに本社に電話を入れるため、青柳郵便局に行った。

バラックには、悪ガキもおりこうさんもわんさと居て、裸足（はだし）で通路を駆け回っている。

　そんなだから子どもなんか見慣れているはずなのだが、おようとルミーは羊太を見て、歓声を上げた。

「わぃー、なんぼ可愛（めんこ）いじゃ」

「ぼく、いくつだの？」

　羊太ははにかみながら、右のてのひらをぱっと開いて見せた。

「五歳だの？」

「飯（まんま）食べるべ？　おなか、ペコペコだべさ」

　羊太のぺしゃんこの胃袋をなでながら、おようがいう。ルミーが、ラジオ屋のおかみさんと同じに、味噌の握り飯を作った。ただし、こちらは子ども用に小さな俵型だ。カミサマがバナナを持って現れると「これも食べへ。さあ食べへ」といって、騒いだ。

「いっぺんに食べられないべさ」

「なんも、子どもだもの、握り飯よりバナナの方が好きだべさ。のう、ぼく？」

　女三人は羊太を甘やかし、飯を食わせ、からだを拭いてやり、これしかないからと、大人用の猿股をはかせて、大人用の浴衣を着せた。可愛いテルテル坊主が出来上がった。

「羊太、おめえ、今日までどごさ居だのや？」

健吾が半分怒り、半分いたわって訊く。

「公園とか、神社とか——」

「何も食ってなかったんずな？」

「おもらいして、お金、めぐんでもらった……」

羊太は懺悔でもするように、そういった。

「賢い子だ。盗みするより、うっと（うんと）いい」

カミサマがほめる。

「なして、芳賀の家から逃げだのや？　おっかない目にあったのが？」

「ごめんなさい——おにいちゃん、ごめんなさい。——おばちゃん、ごめんなさい」

羊太は顔をゆがませて、泣きながら謝った。

おようとルミーとカミサマが、健吾の口調が乱暴なのだといって怒り出す。

「坊やさ謝れ、健吾」

「よしよし、おめえは何も悪くねえよ。可愛い子ば叱って、悪いおにいちゃんだのお」

「ううん――ううん、ちがうんだ！」

　羊太は激しくかぶりを振り、狭い小屋を横切って、流し場から包丁を抜き取った。

　それが、あんまり思いも掛けないことで、しかもとても素早かったから、部屋の大人たちは、何もできずにただ目を見開いた。

「羊太、何をするんだ」

　叱りつける健吾を、おようたちが手振りで制する。

　羊太は大きな目から涙をこぼして、幼い口で懸命にいった。

「おにいちゃん、心配してくれて、ありがとうございます。おねえちゃん、おにぎり、ありがとうございます。おばあちゃん、バナナ、ありがとうございます。からだを拭いてくれて、着物を着せてくれて、ありがとうございます。ぼくは、孝行する親も居ないし、お金も稼げません。だけど、それでも世の中の役に立てるんだって、ツヱさんから聞きました。お礼です。――ぼくの肝でお薬を作ってください――」

　羊太はそういうなり、包丁を小さな腹に突き立てた。

「羊太――」

　その場に居るだれも、羊太を助けられなかった。

ルミーが金切り声を上げて、おようにしがみつく。

開けはなっていた入口を黒い影が横切り、羊太の持つ包丁が弧を描いて飛んだ。

「わッ！」

転がった包丁の上に、健吾がガバリと覆いかぶさって隠した。

四つん這いの格好で顔を上げると、担ぎ屋が羊太の右手をつかんでいた。

「兄貴――ああ、恩に着るじゃ――恩に着るじゃぁ」

健吾が泣き声を上げた。羊太を案じていたことに加え、母の病気に関する自分の無力さと罪悪感まで、抑えていた気持ちが堰を切った。羊太の代わりに「わあ、わあ」と声を上げて泣くので、おようたちも羊太までも呆気にとられた。

「おめえは、すぐ泣ぐなあ」

担ぎ屋は羊太を抱き上げると、おようたちに渡す。

そこに、新聞記者の一戸が飛び込んで来た。

「皆さん――健吾くん、大変だ、〈おすべてさま〉の正体がわかりました。羊太くんの養い親の東海林ツヱが、〈おすべてさま〉の教祖だったんです。篤志家なんかじゃねえ、ペテン師の人殺しだ！　あの女は、警察に羊太くんの捜索願なんか出しちゃいねえ。芳賀夫婦に、羊太くんを殺させようとしてたんだ――」

一気にまくしたてる一戸の言葉が、皆の頭にしみこむまでには少しの時間が要った。

健吾もおようたちも啞然と一戸を見上げ、一戸もまた包丁の上に四つん這いになっている健吾に、怪訝そうな視線をくれた。

担ぎ屋が、口をはさむ。

「その坊主が里子に行かされたのは、そこで肝臓を抜かれて商品になるためだ。〈おすべてさま〉はこのごろ、自分では手を下さないで、信者に汚れ仕事をさせていたみたいだ。坊主は、〈おすべてさま〉の悪事を知っていても、それを悪事と思えずに、諦めるよりなかった」

「そうです。そうなんです」

一戸が言葉を引き継ぐ。

「ツヱが集めた子どもたちは、里子に出されても、きちんとした養子縁組はしねえ。戸籍は元のままだ。そして、なぜか原因不明で里親のところから居なくなるんだ。それが皆、殺されていたんだ。今回ばかりは、羊太くんが逃げ出して、ことなきを得たばって――」

「そんな、いやだ……」

おようが顔をゆがめる。

ルミーは一戸と担ぎ屋のいう意味が呑み込めず、きょとんとしていた。

羊太はうなだれ、ごめんなさいといって泣き出した。

＊

堤町の東海林ツヱの家では、子どもたちは全て寝付いて、静まり返っていた。

さっきから、ラジオに雑音が混ざっていた。

――ザザ……としのねぶたは……ザザ……祭囃（まつりばやし）……勇壮……ザザ……あれかしと……。

ラジオの電源が、ブツリと落ちた。

同時に頭上の電気が消えて、部屋は闇に覆われた。

ツヱは舌打ちをして、手探りでローソクを探す。

マッチを擦った。しかし、火が点かない。何度も試して、勢い余って軸が何本も折れた。だれかが水でも掛けて湿らせたのかもしれない。

明日、子どもたちが起きたら犯人を見つけて、お仕置きをせねば。

そんな子どもは長じてもロクなものになりゃしないんだから、さっさと児肝にしてしまうに限る。このところ、刑事がこの辺をうろうろしている。どうやら潮時かもしれない。手持ちの肝臓を全部出して、薬にしてしまった方がいいようだ。

ようやくマッチに火が点いて、ローソクを灯した。

「なんだばッ」

ツヱが仰天したのは、そこに見知らぬ男が居たからだった。

パーマを当てた女みたいな髪をして、国民服をだらしなく着た、がたいの大きな若い男だ。正座した膝を開いている。行儀がいいんだか悪いんだか。頭はうなだれていた。居丈高なんだか、しょぼくれているんだか。

「わたしは魔法使ひと呼ばれるものです」

そいつが、口を開いた。

若い声だ。

顔も若い。

ツヱが四十歳若ければ、頬を赤らめていたところだ。

しかし、停電に紛れて忍び込むとは、新手の泥棒か。

「あんたにも産んでくれた親が居るべ……」

ツヱが得意の説教を始めようとしたとたん、男とも女とも、子どもとも大人とも、獣とも人ともつかぬ声が、床下から響き渡った。

『東海林ツヱが、おれだぢば殺して、はらわだ取った……。おれだぢはここさ居る……』

蒼白(そうはく)な、裸の子どもが現れた。

芳賀が殺したはずの羊太だった。

羊太は同胞たちが眠っている場所を指さしている。

この部屋の床下だ。

「ごっ……」

恐怖で寒気がはしり、怒りで頭が燃えた。理屈に合わない言葉が、口からほとばしる。

「ごく潰しが――そんなおめえのことも、世の中の役に立たせでやったんだ。おめえだぢは殺されるしか、使い道がねえ、ただの生き肝だ。真珠ばとる貝と同じ、絹糸ばとる蚕と同じだ。だからこそ、せっせと飯食わせて、手間暇かけて殺してやったのに――お礼をいわれこそすれ、恨みなど――」

そのとき、灯(あか)りが点いて、国民服の男も羊太も消え失せた。

制服を着た警官たちが縁側から土足で上がり込んで来て、ツヱを拘束する。

このところ、表をうろついていた刑事が、どなり声を上げ始めた。

「畳を上げろ、床板を外せ。死体が埋まっちゅうど！　一体残らず掘り出せ」

床下からは十一人の子どもの遺体が発見され、東海林ツヱは逮捕された。

警察の取り調べでは、ツヱは自らが〈おすべてさま〉の教祖だと白状したものの、子どもを殺して児肝を作ったことは否認した。

「なんも、あれは薬草で作ったものでごすじゃ。だれが人殺しなんかしますか」

成分を分析したら、その嘘はすぐにばれた。〈おすべてさま〉の信者が保管していた児肝は、人の内臓から作られたものだと証明されたのである。

ツヱが逮捕される直前、停電の闇に紛れて現れたのは担ぎ屋と羊太で、不気味な声でツヱを糾弾したのは劇団さわらびの団員たちである。複数人が同時にしゃべったので、子どもとも大人とも、人とも獣ともつかない声が出来上がった。

羊太が亡き同胞たちの葬られた場所を指さしたのは、担ぎ屋は、カミサマの占いのおかげだと、バラックの一同に説明した。カミサマはとかく眉唾な女だから、はなはだ怪しい限りである。ひょっとしたら、無念で仏になりきれなかった同胞の霊たちが、羊太の細い腕にすがって、自分たちの居場所を示させたのかもしれない。

＊

東海林ツヱの正体が暴かれて一週間後のこと、健吾の母が肺炎で亡くなった。

死に顔は、正気を失う前の、むかしの顔付きにもどっていた。

「きっと、亡くなった家族が迎えに来て、心の病気が治って逝ったんだびょん」

亡くなるまで、世話をしてくれたおようが、健吾の肩をたたいた。

「おれは——」

ホッとした。

健吾は涙がこぼれない自分を責めて、声が震えた。

母のことは、重荷だった。将来、もっと症状がひどくなることを思うと、絶望していた。死んでほしいと、内心ではいつも思っていた。

母は——兄と父と妹といっしょに、あの世に行ったのか。それともただ、地上から消えてしまっただけなのか。和尚の読経を聞いても、ラジオ屋夫婦のなぐさめを聞いても、健吾にはわからなかった。

——ケン坊？　帰ったのか？　ごはん食べるか？

その声が聞こえて、健吾は振り返る。

ずっとむかし、母はいつもそう呼びかけてきた。陽に灼けて色黒で、生意気で、狡くて、悪さばかりしていた健吾の頭を、ガサガサの手で撫でた。健吾の面立ちは母親似だ。母はきれいな人だった。

「十五夜お月さん　かかさんに　も一度わたしは　会いたいな」

妹をまねて――母をまねて、甲高い裏声でぼそぼそ歌った。

もう会えない。母にも、妹にも兄にも父にも、死んだって会えない。

望みどおり、健吾は天涯孤独となってしまったのだから。

第六話　青森のリア王

1

福士学は戦地でマラリアに罹り、その後遺症が今も続いている。

素人劇団には医師の団員も居るので治療薬のキニーネを分けてもらったりもするが、副作用が強くていけない。

高熱と頭痛と吐き気、たまにこれに加えて薬の副作用で、強い耳鳴りと食欲不振。ふらりといやな客が訪ねて来るように、慢性化してしまったマラリアの症状は、予期しないときに発現して、その間はまったくの重病人のありさまとなる。そのせいで、いくつもの仕事を馘になった。今の福士は鉄くず拾いなどを生業として、発作が起こると小屋で寝ている。

貧しさが売りのバラック暮らしだが、福士のは一段ちがっている。米がない。この寒い青森に居て、暖を取る石炭も薪も泥炭すらない。今は夏だからまだしも、冬になれば、マラリアに加えて流感になる。死なずにいるのが、不思議なくらいだ。それはすべてとなり近所のお情けにすがって、ストーブに当たらせてもらったり、炭を分けてもらったりしているおかげである。

だから、ろくでなしということで通っている。

福士とは青森に多い苗字で、このバラック群にも幾人か居るが、福士学のことは「あのろくでなしの」といえば通じる。郵便配達も、それで通じる。

八月の暑気の中、福士はトタンでできた小屋の中で、のびていた。

布団ではなく茣蓙を敷いて、本を三冊重ねて枕にしている。

さっきから蠅が二匹、顔にとまっていた。福士よりもよっぽど太っている。病人の汗でも美味いのか、離れようとしない。

枕にしている本が、汗でふやけてしまわないかが心配だが、頭を動かすこともできなかった。水を飲めばますます汗をかくし、小便にも行きたくなる。第一、共同の水道まで水を汲みに行く力がない。それでも、のどの渇きが、そろそろ限界に達していた。

「福士さん、麦茶だよ」

ルミーがアルマイトの大きなヤカンを持って現れた。

元より可愛らしい顔をした女だが、病気のときに世話を焼いてくれる彼女は、どんな看護婦よりも頼もしくて美しく見える。

茶碗（ちゃわん）がないので、丼になみなみと注いで、飲ませてくれた。汗でじっとりした頭を抱きかかえて、口元まで丼を持ち上げてくれる。こんな情けないありさまなのに、陶酔が胸に満ちた。

「美味しいが？」

のどを鳴らして飲んだ。なまぬるかったが、美味かった。酔っぱらうほど、美味かった。

「お粥（かゆ）も食べへ」

麦茶と同じように、ルミーが上体を抱きかかえて、口にれんげを運んでくれた。史上最低のバラックが、王宮の広間より上等な部屋に変わる。楊貴妃（ようきひ）にかしずかれる玄宗皇帝よりも、マラリアに罹った襤褸（ぼろ）雑巾みたいな自分の方が果報者に思えてくる。

福士は、ルミーに恋をしていた。

彼女が留子という名前がきらいで悩んでいたから、ルミーという愛称を付けてやった。ルミーはそれを喜んで、幼なじみのおようにも、「もう留子って呼ぶな、あたしは今日からルミーだはんで」と宣言した。福士はそれを聞いて、あやうくルミーを抱きしめて踊りだしそうな衝動にかられた。そんなことをしたら、顔を引っ掻かれただろうが。

ルミーは少しだけ知恵の遅れた娘であった。

痩せて、背が高くて、胸がぺちゃんこで、尻も小さくてガリガリだ。

顔はどこか魚に似ていた。でも、可憐で可愛らしかった。

声はちょっと低めで、滑舌が悪い。あばたもえくぼだ。好きになったら、それらの欠点が全て美点に変わった。しかし、福士には、ルミーのパンパンという生業が、不憫でならない。布団で眠れずとも、壁と屋根と玄関がちゃんとした家に住めずとも、酒など飲めずとも、この命をなげうとうとも、ルミーにまともな暮らしをさせたかった。この不憫な娘が、からだを売らねば食っていけない現実が、たまらなかった。

それでも、福士は、ルミーの買った米を食っている。ルミーの買った麦茶を飲んでいる。

とことん、ろくでなしだ。

「どごで、こしたら病気さ罹ったべねえ」

食事を終えたら、ルミーは福士の頭を本三冊の枕にもどした。

「ぼくは、戦争で死ぬはずだったんだ」

面白いことを話したいのに、こんなときは戦争の話になってしまう。

「九死に一生を得たんだ」

「それ、どういう意味？」

「十のうち、九は死ぬ運命だったのに、十分の一のチャンスで生き延びたってことだよ」

「へえ。福士さんて運が良いんだね」

ルミーが笑う。馬鹿っぽく笑う。福士の大好きな笑いだ。運が良いなどといわれて、有頂天になった。福士が味わってきたのは、運とは無縁の経験だったのだが。

「ぼくはね、たすまにあ丸って輸送船に乗るはずだった。たすまにあ丸は、フィリピンのレイテ島沖で、敵に爆撃されて沈没した。それに乗って戦死する運命だったのに、マラリアに罹ってルソン島に残っていたために、助かったんだ」

「せば、マラリア、さまさま、だじゃな？」

「そうだな。マラリア、さまさまだ」

麦茶と粥のおかげか、元気が出た。いや、ルミーと話しているおかげだ。こうしてルミーの腕に抱かれる。実に、マラリア、さまざまだ。

「福士さんは、青森の人だの？　津軽弁、あんまりしゃべらないね。東京の人みたいだよ」

「ぼくは、五所川原出身だから、ルミーちゃんより田舎者だよ」

「へえ。五所川原なんだ。あたし、五所川原が大好きだよ。むかしさあ、伯母ちゃんの家に遊びに行って、大きなお風呂屋に連れて行ってもらった。立派なお風呂屋でさあ」

ルミーは記憶をたぐるように、目玉を天井に向けた。

五所川原の実家には、復員したことを知らせていない。

南洋の暑さで参っていたとき、青森の冬が恋しくてたまらなかった。戦争が終わって、矢も楯（たて）もたまらず青森までもどったが、故郷の街へは行けないまま二年が経った。

福士家は彼の安住の場所ではないのだ。

＊

そいつは、真夜中にやって来た。

マラリアの熱は一段落していた。板の間に茣蓙だけで寝ているのが気の毒だと、月永健吾が敷布団を調達してくれたから、久しぶりに心地よく眠っていた。

目が覚めたら、黒い、人の形をしたものが戸口に居た。

そいつは、見る見る近付いて来て、福士の枕辺にかがみ込む。

タマシ（生霊）が来る話はよく聞くが、タマシにしては気配が濃すぎる。

部屋は真っ暗闇だったが、さすがのろくでなしも、戦地で鍛えてきたから夜目が利いた。だから、振り下ろしてきた刃物から、身をかわすことができた。

刃は板の間に突き刺さり、一秒の何分の一かでも遅れたら、それが自分の肉に刺さっていたと思うと、心臓がでんぐり返る。

襲ってくるヤツの、息づかいが、生々しく聞こえた。

その気配に、覚えがあった。

憎悪と絶望が胸に突き上げてきた。

「うわあああ！」

叫ぼうと思ったわけではなく、そいつから離れたら自然と声が出た。

雄たけびなのか、悲鳴なのか、自分でもわからない。

テーブル代わりのリンゴ箱に載せていた茶碗と土瓶とヤカンを、手あたり次第に投げつけた。

夜のしじまの中、それはびっくりするような音を発した。

「どうしたの？」

開け放たれた戸口から顔を出したのは、ルミーとおようである。

仕事帰りなのだろう。無防備な声色だった。

「来るな、ルミーちゃん！」

大声をあげながら、賊の背中に飛びついた。

うまく胴にしがみついたが、肘で思い切り殴られて、後ろに尻餅をついてしまった。

「コンの野郎！」

おようの声がする。

ずかずかと一人分の足音が加わり、ぱあんと高い金属音が鳴った。アルミの音だ。おようがヤカンで、賊の頭を殴ったのである。気っかない（気の強い）女だと思っていたが、おそれいった。

「どうした！　大丈夫か？」

担ぎ屋のところに泊まっていた月永健吾が、駆け付けて来た。

こうなれば、多勢に無勢である。

賊は、健吾を押しのけて外に飛び出る。

「待て、コン畜生が！」

賊の逃げる足音と、追う健吾の怒号が響いた。

それと同じほど、福士は自分のあえぐ息の音が大きく聞こえた。

「ルミー、灯りつけろ！」

おようが、男みたいな口調でいった。

「はい」

こんなときのルミーは機転が利く。福士の部屋のどこに、石油ランプが置いてあるか知っていた。マッチの置き場所もだ。

次の瞬間には煌々と灯りがともって、小屋の中の格闘の痕を赤々と照らし出した。

投げつけた茶碗のほかにも、なけなしの皿とコップが割れていた。飯を炊くのに使っていた土鍋も真っ二つである。七輪が転がって灰がこぼれ、落ちた本が踏みにじられていた。

（とうとう来た。かぎつけられてしまった）

まるでマラリアの発作がぶりかえしたみたいに、全身が震えた。恐怖がのどに詰まって、福士は激しく咳き込んだ。

＊

翌朝になっても、健吾がもどらないので、福士は気を揉んだ。

おようとルミーは、岸壁の方に捜しに出かけた。賊に返り討ちに遭って、殺された亡骸を捜しに——という意味である。身内みたいに親しくしていても、おようもルミーも、そんな身内の死には淡泊だ。まるで、次々と亡くなる同胞のことを笑って話せる老人のように、この時代の人間は死について諦観している。

ともあれ、健吾は見つからなかった。

ルミーがカミサマに話したので、騒ぎが大きくなった。

「健吾は下北さ行った。下北の田名部だ」

カミサマは、筮竹を鳴らしながらそういった。カミサマはインチキ屋で易のことなど何もわかっていないのだから、筮竹もただのポーズだ。竹串でやっても同じことである。だから、下北などといわれてもだれも信じなかった。

「健ちゃんも、追いかけて行くことねえでば」

おようたちは健吾の無鉄砲さを誹り、カミサマのいうのは眉唾だと小声でいい合った。

福士は話には加わらず、両手で膝を抱えて部屋の暗がりの中に居た。マラリアの発熱以来、くず鉄拾いの仕事にも行っていない。

「あんた、働きなさいよ」

およう が、ハッパをかけた。

「健吾くんのことが心配で……」

「理屈をいうな！　食いたきゃ、働け！」

ところが、福士は食が細いうえに、思うところがあって食欲がない。だから、「食いたきゃ、働け」といわれても「食いたくない」と答えてしまう。普段から細い福士は、金欠と気掛りが原因で、ますます痩せた。

そんな福士の憂鬱が、のっぴきならないまでになったのは、曲者（くせもの）に襲われた翌々日である。晴天の霹靂（へきれき）、ではない。元より状況は悪かった。だから、荒天の霹靂だ。

それというのは、つまり、宮本貢（みやもとみつぐ）という男が、ルミーを訪ねて来たのだ。

骨太の頑丈そうな男で、日焼けしているのか赤銅色の肌で、肉もたっぷり付いて、腹までせり出している。陽気で、笑顔を絶やさず、声が大きい。福士とは、何もかもが正反対である。

この宮本がルミーの客だと聞いて、福士は頭がカッと熱くなった。嫉妬の熱だ。ルミーの生業はパンパンだ。売春婦である。客というからには、宮本とははだかとはだかでつながっているわけだ。

福士はルミーに恋心を抱いていながら、容易に買える彼女と結ばれたことはなかった。

どっちにしても――。

宮本という男はルミーの前に現れてしまったのだ。

そして、ルミーに求婚した。

「留子さんを、田名部の両親に引き合わせたいんです。どうか、おれの嫁になってください」

大きなからだをがばりと伏せて、懇願した。頼んだ相手は、ルミー本人と、実質的にルミーの保護者の役割をしているおようだ。行きがかり上、福士も同席していた。

（ああ……）

福士はのたうち回りたかった。宮本の襟首をつかんで追い出したかった。しかし、そうするには、福士はあまりにも紳士である。宮本を憎むことすらできずにいる。第一、福士みたいなひょろひょろの男に、宮本を腕ずくで追い出せるはずがない。

一方、女たちは能天気だ。互いにひじでわきを小突き合いながら、突然の求婚者を観察していた。

宮本の着ているものは、復員服や国民服などではなく、仕立て屋に作らせた背広である。緑色の地に黒の縞、まるでスイカだ。でも、それで宮本の印象が減点されることはなかった。むしろ、ちょっと田舎くさいところが、好印象となった。

「ルミーさん、どンだ？」

「どンだって、いわれてもさあ……」

ルミーはもじもじしている。

「あたし、親も居ないんだけど、いいの？　家だってないんだけど。あんな商売してるんだけど」

「そんなこと、いいんだ」

宮本はルミーの両肩を、大きな手でつかむ。がたいの大きな宮本と向き合うと、ルミーの華奢さが目立った。

そのとき、はじめて福士は宮本を憎んだ。その頑健そうな風貌に、暴力に似たものを感じとったのだ。しかし、それもまた嫉妬であった。

「留子さんには、これからは、わいの親が居るして。わいの家があるして。どんな商売してたって、留子さんは、はぁ、留子さんだして」

「あたし、馬鹿だけどいいの？」

「却って、その方が可愛いべ」

憎いと決めたら、歯止めが利かない。福士は心が騒いで、全身がローソクのように燃えてしまいそうだった。

——あたし、馬鹿だけどいいの？

ルミーがそういったとき、宮本は笑った。

——却って、その方が可愛いべ。

ちがうだろう！

腹が立った。ルミーを馬鹿だと認めた宮本に腹がたった。ルミーは馬鹿なんかじゃない。自分だったら胸を張っていえる。そう思ったそばから、胸を張るどころか、何一ついえず愛する女を横どりされようとしている自分が、消え入りたいほど情けなかった。

宮本は、来週も来ると告げて去った。

来週、一緒に下北の屋敷に行って、家族に会ってほしいというのである。

カミサマが下北の田名部などという地名を口にしたのは、こんなことの前触れだったのだから。

たのか。宮本貢はその田名部から来たのだから。とてつもない災厄が、田名部から来

ルミーは、すぐに返事はしなかった。求婚という事実を楽しんでいたいようにも見えたし、ためらっているようにも見えた。天涯孤独のルミーのことだから、本人が前向きならば断る理由なんかない。

(断る理由があるとしたら……)

福士の気持ちに気付いているからだろうか。福士を憎からず思っているからだろうか。

恋心を抱えた福士は、居てもたってもいられなかった。

懊悩する中、およう（おうのう）からとどめの一撃を食らった。

「宮本さんって、田名部の大地主なんだっつっきゃ」

(ああ……)

ろくでなしの福士は、どうしたってかなわない。

農地改革が始まっているから、今に地主なんてものはなくなってしまうんだ。そう思ったけど、口には出せなかった。ろくでなしの福士学が、何をいってみたところ

で、負け惜しみにしか聞こえないからだ。

「ルミー、ぐずぐずしてるなじゃ。これっきゃ、玉の輿だぇ」

「タマのコシって何？」

「あんたは、本当にもう――」

尻と足をぺたりと床に付けて座っているおようは、その足をばたばたさせた。

そこに、あっけらかんと入って来たのは、月永健吾である。

「ただいまァ。あれ？　おようさんたちまで、どうしたんず？」

「健吾ォ！」

おようとルミーが甲高い声を上げ、福士もさすがに喜んだ。

やきもちの極にあり、悪漢の出現以来、不安と恐怖にさいなまれていても、健吾の元気な姿には心底から安堵した。福士を殺しに来たあの男に、ひどい目に遭わされたのではないことが、何より嬉しい。

「下北？　おれが下北さ行ってらって？　だれがしゃべっちゃんず？」

「カミサマの占いさ」

「その占い、大ハズレー」

健吾は声を上げて、からから笑った。

「あの男ば追っ掛けで、五所川原まで行って来たんだ」

「五所川原と下北だば、逆方向だでばし」

おようが笑い、ルミーが福士の顔を見た。福士は引きつる顔を隠すのに、うつむく。

「五所川原っていえば、福士さんの実家があるんだよの？」

「うん——そうだね」

胸の中が、ズシリと重たくなった。ルミーの可愛い口が、あの家のことをいうのが不吉でたまらなかった。それを皆に聞かせるのは、もっと不吉なことに思えた。

「それで、福士さん。おれ、あんたさ報告したいことがあるんだけど——」

「それよか、健ちゃん、あんたからもいってやって。ルミーば嫁にもらいたいって人が居るの」

「だれ？　福士さんか？」

「冗談いうなじゃ」

おようが怖い顔になり、福士は横っ面を張られたような気持ちになる。

「下北の大地主！　お大尽！　お金持ち！」

「おお、ルミーさん、玉の輿だでば。それは良い話だ。奥さまになれるぞ」

「ふうん」

ルミーは口をとがらせて、人差し指を顎に当てた。

＊

ルミーとおようの住む小屋は、福士のバラックのとなりである。四畳一間に、拾ってきたリンゴ箱を重ねて食器棚にして、やはりリンゴ箱を二つ並べて、ちゃぶ台のかわりにした。布団はどこかの家の焼け跡から盗んで来た。枕もある。窓が一つあって、飲み口が欠けたコップをもらってきて、たまに花を生けた。ルミーは朝顔とか月見草とか、一日花を摘んできて、すぐに萎れてしまっては、どうしてだべと悲しい顔をした。おようはそのたびに、朝顔も月見草も一日しか咲かないのだと教える。教わったそばから、ルミーは忘れた。

「あたし、馬鹿だから」

ルミーは、そのたびにほがらかに笑った。

しかし、宮本貢の求婚から時間が経つにつれ、ルミーの顔から笑いが消えた。寝ても覚めても不安そうにおようの顔色ばかりうかがう。おようは気が短いので、すぐに怒った声を出した。

「あー、もう。こしたら良い話の、何が気にいらないってさ!」

「宮本さんって、男振りが良くねえよの」

「だから、いやだってが?」

「いやとは、いわないけどさぁ」

ルミーは人差し指で、パーマを当てた髪をくるくる巻いた。

「あたし、前から思ってたんだけど、福士さんって、あたしのことを好きなんでねえべがの? 福士さん、前歯が一本欠げでいるけど、男振りがいいじゃな? 優しいしさ……」

「福士ィー?」

廃材とトタンの外壁を隔てて、戸口も開け放して、すぐとなりに福士が居るのに、およう(こんしん)は渾身の侮蔑を込めて、福士をこきおろし始めた。

「あったら、ろくでなしなんか物の数に入れるなじゃ。あんなのと一緒になったら、あんた、一生バラック暮らしだよ。いや、今の世の中がいつまでも続くわけがねえ。景気が良ぐなって、もっとちゃんとした世の中がきっと来る。そうなれば、こったらバラックなんか、打ち壊されでしまうんだ。

あんた、政府がRAA作ったのを忘れだのが? ただの女給だって騙されて勤めて、ＧＩの相手をさせられたのを忘れたのか？　世の中は、あたしだぢのことなんか、助けてくれないんだよ」

「うーん」

政府とかＲＡＡとか、おようはよくいうけど、ルミーにはあまりわからないのだ。ＧＩに貞操を奪われたときは本当に恐ろしかったが、正直なところ、空腹だったのはその何倍もつらかった。パンパンの仕事は、さほど苦にならない。今のままで、ずっと居られたら、そんなに悪くないんじゃないかと思っている。

「だから、パンパンも無ぐなるんだよ。バラックも無ぐなる。そしたら、あんた、どうやって生きでいぐのさ。情に流されて福士なんかと所帯を持ってみろ、ますます食いっぱぐれで、心中するよりねえでば」

「だけど――好ぎでもない人の嫁になれる？　宮本さんって太ってでさ、スイカみたいな背広着て……」

「顔が何だってや、背広の趣味がどうだってや。宮本さんには、お屋敷があるんでぇ。下北の名家（おおやげ）だ。あんた、白い飯（まんま）を毎日、腹一杯食えるんでぇ。人がら『奥さま』って呼んでもらえるんでぇ。パンパンなんてしなくていいんでぇ」

おようはそういうけど、ルミーはパンパンの何が悪いのかがわからない。いや……

確かに褒められた商売ではないが、自分にはほかにできることがあるとも思えない。

でも、そんなことをいったらおようは本気で怒るだろうから、口には出さなかった。

「でも……下北まで行ってしまったら、簡単には青森まで帰って来られないじゃな？

おようたちさも会えないじゃな？」

家族ができるのだと宮本はいったけれど、ルミーにはどうしても納得できない。家族を失うとしか思えない。おようと離れ、福士と離れて一人で遠くに行くなど、考えただけで身がすくむ。

「馬ぁ鹿コ、この」

おようは、また怒った。

「だはんで、良いんだじゃな。下北まで行ったら、あんたの客だなんて、そうそう居ねえべ。パンパンだったこと、だれもわがんねえ。そうすれば、あんたは何の心配も無ぐ、奥さまでいられるべな」

「せばさ、おようはさ、あたしが下北に嫁に行けばいいって思うの？」

「自分で考えろ」

おようは腕組みして、怖い顔をする。どうして、おようはこんなに怒るのだろう。

「あたし、頭悪くて……」

「それでも、考えろ！」

考えていないわけじゃない。

考えて出した結論は、おようの満足いかないものだというのだけは、わかった。ルミーはおようをがっかりさせたくなかった。この世でただ一人、頼れる相手はおようだけだったからだ。

「決めた。宮本さんと下北さ行ってみる。家の人だぢさ会ってみる」

「よし。そうせへ」

おようが、ようやく笑った。

ルミーは、自分が正しい決断をしたのだと思った。

2

大湊線（おおみなとせん）が、強風で一日運休して、野辺地（のへじ）の駅前の旅館に泊まった。大湊線はまさかり形をした下北半島の柄の部分を縦断するので、風が強いとよく止まる。右から左へ、左から右へと渡る海風が、汽車には大敵なのだ。

それでも、怖いと思わなかったのは、ずんぐりむっくりの宮本が居たからだ。この人と一緒に汽車に乗ったならば、重いから風なんかに飛ばされまいと思ったりする。何より、分厚い財布を持って「わいに、まかせろ。わいに、まかせろ」という宮本が頼もしかった。

その夜、二人は同衾したが、ルミーはかつて男からこれほど愛おし気に抱いてもらったことはなかった。交わりの後で、金をもらわないというのが、慣れないから損をしたような気もしたが、同時に気持ちが温かくなった。宮本のことがますます頼もしく感じられた。

翌日は朝寝をして、昼近くの汽車で田名部に向かった。

旅館の朝飯が、これまた美味かった。

車窓の風景は、台風一過で洗われたかのように澄んでいた。

海は青森港で見るよりも、数倍、青く見えた。前に一度、宝石商をしているという客が見せてくれたラピスラズリという石の色を思わせた。凪いだ濃い青は、ドロンとして水のようには見えなかった。宝石の塊のようだった。

見ているうちに眠くなり、目を閉じてしまうのが惜しいと思いながらも眠ってしまった。こくりこくりする頭を宮本が大きな手で自分の肩にもたれさせてくれる。ルミーは幼いころにもどり、迷子になった夢を見た。ずいぶんと不安で怖かったが、目を覚ましたら、そんな夢のことなど忘れていた。

うたた寝のせいで、汽車はまたたく間に田名部に着く。

駅前に宮本家の自動車が迎えに来ていて、宮本はうやうやしくルミーを黒塗りのフォードに乗せた。

バスを除けば、ルミーは生まれて初めて自動車に乗った。その速さに、ルミーは宮本にしがみついた。

「田舎だすけ、自動車がねえば、どうにもなんねえして」

宮本は嬉しそうにいう。

ルミーは、不安になった。こんなすごい乗り物を持っている人と、家族として対等に暮らしていけるはずがないと思った。なにせ、アメリカの自動車なのである。背が高くて、鼻が大きくて、わがもの顔に街を闊歩（かっぽ）する、あのアメリカ人たちが作った自動車なのである。

「宮本さんて、すごいの……」

ルミーがおずおずいうと、宮本は大きなからだをゆすって、少年のように嬉しそうな顔をした。

*

宮本家は、竜宮城みたいに豪華だった。

玄関からして、ルミーとおようの住むバラックより広いのである。

洋間に座敷、仏間、中の間、六畳間、八畳間、女中部屋、茶室まであった。二階には、客を泊めるための六畳間が二つと八畳間が二つ。台所が広くて、炭小屋と米蔵もあった。家をぐるりと囲む庭園には大きな池があって、太って巨大な錦鯉（にしきごい）が泳いでいる。

座敷に、家人がそろってルミーを迎えた。

宮本の母と、息子と娘が居た。

女中と、自動車の運転手が並んで下座についた。この二人は夫婦らしい。

宮本の母——姑（しゅうとめ）は、遠路はるばる汽車旅行をしてきたルミーを、ちやほやといたわってくれた。歯の抜けた口で下北弁をいうので、ルミーには何をいっているのか聞き取りづらく、何度も「え?」「え?」と聞き返さなければならなかったのが、申し訳なかった。

それより驚いたのは、中学校三年生の息子と、小学校六年生の娘だ。子どもが居るなんて聞いていなかった。つまり、奥さまが別に居るということか？　自分は妾ということか？

そう思って、しかし何もいえずに居ると、姑はにこにこした顔で優しくいう。

「この子たちの母親は亡くなったして。あんたが、はあ、新しい母親だ」

「母親……」

またしても絶句した。

自分がのち添えになるなんて、聞いていなかった。

目だけ動かして宮本を見ると、別に悪びれた様子もなく、満足そうにルミーを見つめている。

「おかあさん、よろしくお願いします」

息子が、きちんと正座した膝小僧に手を置いて、くるりと刈った頭を下げた。

ルミーは感激してしまう。こんな利発な坊やから、おかあさんといって敬われるなんて、パンパンだった昨日までのことが嘘のようである。やっぱり、おようのいったことは正しかったのだ。おようのいうことを信じていれば、まちがえることなんかないと思った。

「愛子（あいこ）も、ちゃんと挨拶しろ」

そういわれて、娘がふてくされたようにぺこりと頭を下げる。宮本に似ていなくて、きれいな女の子だった。亡くなった前妻が、きれいな人だったのだろう。兄とちがって、まだ幼い娘はルミーを歓迎する気はないように見えた。それがいささか、小面憎く思えた。

仏壇に線香をあげてから、宮本が部屋を次々と案内してくれた。

最初のうちは圧倒されて、いちいち感激していたが、次第に慣れてきて、すでに自分がこの女あるじであるような心地がしてきた。宮本が、そのように繰り返しいったからだ。

茶室から廊下がずっと続いているが、そこから先には宮本は「行くな」といった。

「なして?」

すっかり気持ちが楽になっていたから、ルミーは無邪気に宮本の顔を見上げる。そして、ルミーは笑ったまま、どうしていいのかわからなくなった。

宮本が、無表情でひどく怖い顔をしている。

こんな顔、客で居たときも、求婚されてから今日までも、見たことがなかった。

＊

珍しく酒をみやげに持って来た担ぎ屋は、何もないバラックの板の間にあぐらをかいてすわった。酒はカストリではない、一級酒である。

健吾は七輪で枝豆とトウモロコシを茹でている。胡瓜と茗荷を洗って、味噌をつけた。それに豆腐がある。ご馳走だ。

母が亡くなってから、健吾はラジオ屋の間借りを引き払って、バラックに押し掛けて来た。服のほかには、荷物とてあるわけでなし。担ぎ屋のバラックには、部屋主はめったにもどってこない。だから、問題なく過ごしている。

「ねえ、兄貴。闇市のチカさん知ってるべ？　すいとん屋の棟方チカさん」

「ああ」

「チカさんに小学校に入ったばっかりの息子が居てさあ。チカさんさしゃべったんだど」

――かあさん。トウモロコシって、英語でキミっていうんだよ。

キミというのは、青森の方言である。

「ふん」

担ぎ屋が笑ったので、健吾は嬉しくなった。

「ルミーさんが、田名部の名家の嫁になるんだど。人生って面白えな」

「そうか」

「んでや、んでや、この枝豆とキミは、今日、畑から採ったばしだえ」

健吾は元々、弟気質で犬っころみたいなところがあり、担ぎ屋には実によく懐いた。「あんな気味の悪い人」とおようなどはいうが、健吾が押しかけて来てから、隣近所の貧乏人どもも、この小屋の主が怪物ならぬ人間なのだと、思い直しているところである。

さりとて、その怪人物はバラックのほかはどこに居るのか、ひと月のうちに十日帰れば長い方だ。小屋の中には茶碗の一つ、下駄の一足があるわけじゃない。人の生活を思わせるものが何もないのだ。だから、今宵の酒盛りも健吾がおようから鍋と塩と、湯飲み茶碗を二つ借りてきた。

担ぎ屋は枝豆を前歯で噛んだ。

「うまいな」

「良かった」

健吾が大げさに喜んでから、はしゃぎ過ぎている自分を抑えるのに、茶碗に鼻先を埋めて酒をすすった。

「福士を襲った男を追いかけて、五所川原まで行ったんだってな？」

「はい――はい」

敬愛する兄貴に手柄を認められたと思って、健吾は喜色満面になる。それから、きゅっと顔付きを引き締めた。

「あの男は、津田っていいます。五所川原の福士家の作男です」

「福士家？」

前髪のかげで、担ぎ屋の眉根にしわができた。

福士家といえば、五所川原の資産家として知られている。藩政時代は弘前藩の御用商人として栄え、米の相場で身代を広げ、地主や金貸しでも手堅く儲けた。明治維新の後は失業した武家から土地を買って地盤をさらに強固にし、その財力は昨今の農地改革でもびくともするものではないという。

「葉村一家ともつながっているって話です。長男の細君が、葉村龍造親分の妹なんだっつきゃ」

「ふん」

担ぎ屋は酒は飲まず、枝豆ばかり食べている。

「兄貴、キミも美味えよ。はいっと」

「おう」

「ところでね。福士家では、末息子がレイテ島で戦死したんだそうです。津田は、その戦死した男を殺しに来た」

担ぎ屋の目が上がった。

「バラックにいる、ろくでなしの福士さんです」

「末息子は死んでねがった。フィリピンからもどって、青森さ居る」

それが、福士学だ。

＊

路地に七輪を置き、健吾はメザシを焼きながら、上目づかいに福士を見た。

先だっての刺客が生家から来た作男だと聞かされ、福士はただうなだれるばかりであった。それに加えてルミーの縁談で、今にも世をはかなみそうなくらい情けない顔をしている。

「あんたのお父さまも年で、探偵を雇ってあんたのことを調べたらしいよ。それで、青森で無事に暮らしているってわがって、遺言状ば書き換えだらしい。財産ば全部、あんたさゆずるってさ。三人兄弟の中で、可愛いのは、学ばしだどさ」

「わいハァ、たまげだじゃ。せば、おめえ、大金持ぢだでばし」

並べた七輪で味噌汁を作っていたカミサマが、しわに埋もれた目を丸くした。

福士は相変わらず、しょぼくれている。

「ぼくは福士家の庶子なんです。女中が産んだ子です。母親は家を追い出され、ぼくは作男に育てられました。異母兄二人が戦争にとられないように、ぼくが兵隊に志願しました」

「あんたは、兵隊に向いてねえと思うけど」

健吾はメザシの焼け具合を見ながらいう。

福士は子どもが「いやいや」をするように、かぶりを振った。

「あの家には、居られなかった。居たくなかった。いっそ、戦死した方が楽だと思ったんですよ」

「そったらこと、ねえべ。死ぬより悪いこと、あるはずねえ」

「んだ、んだ」

健吾とカミサマが、視線を合わせて神妙な顔をする。

福士は自分の極端な物言いに照れ、地面を見て笑った。

「はい、それは間違いでした。戦争は地獄でした。マラリアには罹るし、いつ弾丸が飛んでくるか、いつ爆弾が落とされるか、生きた心地もしない。敵より怖かったのは、上官です。軟弱者だとののしられて、いつも殴られていました。つくづく、ぼくは地獄に縁があるんだなあ」

生家が地獄だったと、福士はいいたいようだ。

「でも、何の因果か、生きて帰って来られました。ここで『さわらび』の仲間とも会って、ルミーさんたちにも会って、初めて幸せだと思えたんです。だから、五所川原には帰りません」

「帰りませんって……。福士さん、あんた、帰れば百万長者だぞ」

健吾がむきになっていうが、顔を洗いに出て来たおようが、話に割って入った。

「だけど、五所川原から殺し屋が来たんだべ？　あんたが財産をもらうのが憎くて

――」

「ここは危ないみたいだから、劇団の仲間のところにでもやっかいになるかなと

……」

そこへ電報配達員がやって来た。

田名部に居るルミーからだった。

――オヨメニナリマス」

3

担ぎ屋のバラックに、福士家の長男が訪ねて来た。

名を、純一（じゅんいち）という。

面立ちが弟の学に似ていた。ただ、こちらはどこか鼻と目の下が間延びして、男振りは良くなかった。腺病質な感じが似ていた。麻の涼しそうな背広を着て、パナマ帽をかぶっている。洒落者だった。その高級な身なりが、なぜか穴倉のようなバラックになじんで見えた。腹の中のヤスさ（いやしさ）が透けているのだ。

そのときは、珍しく担ぎ屋が居て、健吾は浪岡に米を仕入れに行っていた。

「おたくさん、何でも持って来てくれるんだとか――？」

うす暗がりの中に立ひざをついて座る担ぎ屋に、純一はそういった。問いというよりは、決めつけているような声色だった。

「弟が――福士学が、この近くに住んでいるらしいな」

「ああ、友達（けやぐ）だ」

実際は言葉を交わしたこともなかったが、担ぎ屋はそう答えた。

それを純一は嘲笑混じりに聞き、担ぎ屋の足元に百円札の束を投げた。犬に餌をやるような具合だった。担ぎ屋はゆっくりとそれを拾う。十万円だった。

「学の死体ば持って来い。つまらねえ友情より、今の時代は金だべ？」

「人殺しはしねえ」

「うわさとちがうでば。看板にいつわりあり、だ」

福士純一はそういって、金を置いたまま帰って行った。

＊

ルミーがバラックにもどってきた。

おようの前に両手をついて、また一緒に暮らしてほしいといった。涙声は、本格的な泣き声に変わる。いったん泣いてしまうと、もうとまらなかった。

「どうしたのさ。田名部で、何かあったのか？」

「あたし、あの家さは居たぐねえ――」

わんわんと、ルミーは子どものように泣く。田名部に居た十日ばかりのことが、悪い夢のように胸に迫って、泣いても泣いても、気持ちはいよいよ迸（ほとばし）り出た。

「泣ぐなよ、ルミー。話してみへんが？」

およが、背中を撫でてくれる。

ルミーは差し出された手ぬぐいで顔を拭き、しゃくりあげた。

「あたし――あたし――何もできなくて――」

田名部の宮本家で、ルミーは主婦らしいことが何一つできなかった。元より要領が悪いのに加え、名家(おおやけ)の嫁の仕事は、万事が未知のものだった。

飯炊き、洗濯、買い物、畑仕事、針仕事、どれをとってもできることがない。

食事の作法、生活の作法、仏事の習慣、人づきあいも、同じである。

お膳の前で正座をしたら、足が痺(しび)れた。敷居(しきい)を踏んだら、皆に唖然と顔を見られた。

驚いたことに、最初に匙を投げたのが夫の貢だった。結婚前から地元に女をかこっていたようで、そっちに入り浸って帰って来なくなった。ルミーはどうしていいのかわからない。姑からは、亭主の女癖というのは甲斐性でもあるのだから、悋気(りんき)を起こしてはいけないといわれた。

――あんたに落ち度があったんだべさ。よく考えて反省しなさい。

反省しろといわれても、嫁としては至らないことだらけで、どれを反省していいのかわからないありさまである。だけど、そんな自分を好いて嫁にしたのではないのか。そう思うと、貢の仕打ちが情けなくもあり、悲しくてたまらない。

当主の気持ちを敏感に悟ったのが女中と、その亭主である運転手だった。ルミーに対して、使用人らしい遠慮をしなくなった。まるで自分の配下のようにルミーを叱りつけ、意地悪をした。

女中の配下にされたとて、女中の仕事が一つもできないのである。愚図だ鈍間だとののしられた。お里が知れるといわれたとき、気の回らないルミーにも、青森での生業が知られてしまったのだとわかった。

それから使用人夫婦の会話に自然と耳を澄ますようになったのだが、確かに「パンパン」という言葉が頻繁に聞こえた。使用人夫婦は、自分たちで話すときは、ルミーのことを「パンパン」と呼んでいたのだ。

最初のうちは素直だった息子も、あからさまにルミーを馬鹿にするようになる。学校で習った英語で話しかけ、英語で嘲られた。

何をいわれているのか、何を笑われているのか少しもわからなかったが、侮辱されていることだけはわかった。

息子のいう阿呆陀羅経みたいな英語にも、「パンパン」という言葉はよく出てきた。中学三年生の少年が何を知っているのかは察しがつかないが、ルミーの元の生業が世間に顔向けできぬものだとは、彼も承知しているようだった。

そのうちに、姑もルミーを無視するようになる。話しかけても、挨拶をしても、ただ無言と無関心だけが返事になった。理不尽な説教すら、いってくれなくなったのである。

そんな中、小学六年生の娘だけが、ルミーを相手にしてくれた。

——おばちゃん、行儀も悪いし、お料理もお掃除も、何一つまともにできないんだもの。新しいきれいなおかあさんが来るっていうから期待してたんだけど、そんなにきれいでもないしさ。

結局、口から出るのは冷たい言葉だったが、無視されるよりはマシだった。「パンパン」といわれて、頭から軽蔑されるよりはマシだった。たまに、お菓子をくれたり、母親にいうみたいに学校のことを話してくれもするからだ。

——愛子ちゃん、愛子ちゃん。

ルミーは娘に媚びた。

娘はそれを面白がった。

——おばちゃん、かくれんぼしよう。

そういわれたときは、小学六年生にもなって、ずいぶんと幼稚な遊びをするものだと思った。だけど、娘はルミーの親分格になっていたし、まだ子どもっぽい遊びをしたがるものなのだろうと思って、逆らわなかった。

——もういいかーい。

——もういいよー。

娘は上手にルミーを誘い出し、暗い廊下の果てにあった開かずの間に閉じ込めた。

そこは座敷牢だったのである。

ルミーが足を踏み入れると、愛子はくすくす笑って鍵を閉めた。

——死ぬまで、そこに居ればいいして。

愛子は悪魔みたいに笑って、暗い廊下の果てへ走って逃げた。

丸二日も、だれも助け出しに来てくれなかった。

便所にも行けずに、その場で垂れ流してしまった。

夜になると、窓のない部屋の暗さは限りがなかった。

怖くて、ひもじくて、死んでしまうのだと思った。

涙と汗と小便にまみれてぐったりしていたルミーを、最初に見つけたのは女中だった。女中はそんなルミーを見て、大声を上げて笑ったのだった。憎いというよりも、情けないというよりも、悲しいというよりも——怖かった。帰って来ない夫も、口を利いてくれない姑も、意地悪な子どもたちも、使用人たちも、怖くてならなかった。

座敷牢から出されるや、ルミーは財布をひっつかむと外に走り出た。田名部駅まで行き、ただひたすらに青森まで帰って来たのである。

「あんた、はんかくさい（馬鹿みたいだ）でば！」

およう は、可哀想にといって頭を撫でてはくれなかった。宮本家の人間と同じように、ルミーの至らなさを責めた。けれど、それはルミーが苛まれた冷酷さとは対極の、思いやりから出た言葉だった。

「最初から、何もかもでぎる人間なんかいねえ。あんたは花嫁修業もしてないんだから、でぎなくて当だり前だ。一つ一つ、勉強して身に付けていくよりねえんだ。一人前の奥さまになったら、だれもあんたば苛めだりしねえ」

「だって――そしたこと、でぎない……」

しぼったような泣き声になる。

「至らない嫁だったといって、姑さまさ謝れへ。女中さも、でぎないことは教えてもらうよりねえべ。だけど、あんたは奥さまなんだから毅然としろ。毅然ってのは……しゃんとするってことだ」

「でぎねえよ……」

「子どもたちのすることは、まだ童子(わらし)なんだはんで、生意気だったりもするべ、いたずらもするべ。だけど、それと同じ土俵で苛められで泣いでどうする？　あんたが、きちんと毎日の勤めを果たしていたら、旦那さまもいずれもどってくる。あんたが正しいことをしていたら、正しくないことしていた方が負けなんだ。あんたが勝ちなんだ。それまで、辛抱して嫁稼業をやりとおせ」

「でも、でぎねえもん。青森さもどって、パンパンやって暮らしていぐ」

「おめえ、はんかくせえぞ、ルミー！」

おようは、床板をたたいた。びしりと、すごい音がした。

「あんたは、あたしがしたくてもできない苦労をしているんだ。名家(おおやげ)の奥さまってのは、聞こえがいい分、苦労があるってことだ。生ぎるってのは、そういうことだ。あんた、このまま年とってどうする？　五十になっても、六十になっても、パンパンで居る気が？　だれが、そしたらおなごば買うと思うんずや。あんたは、地獄から抜け出せたんだ。それは、ものすごくうらやましいことなんだよ」

老いて街娼の仕事ができなくなり、飢えて死ぬ自分を想像した。

それは、座敷牢で小便を垂らしたよりも惨めで、ひもじくて寂しくて、もっと孤独だ。ルミーの泣き声から言葉が消えた。「ううう」と細く唸(うな)るように泣いた。

「あたしが下北まで付いで行ってやるから、姑さまさ謝れ。旦那さまが出て行ってるとぎで、却って良がったじゃな。旦那さまがもどって来る前に、宮本の家さ帰れ」

あたしが、下北まで付いで行ってやるから。

およが繰り返しそういうと、ルミーはうなずいた。

＊

福士のバラックに、津田という作男が来たのは、四日後の明け方だった。

津田は、今度は仕事を仕損じなかった。

正体もなく寝入っていた福士は、兄がよこした刺客に首をしめられて絶命した。

担ぎ屋は、よじれたような格好で倒れていた福士の亡骸を三輪トラックに積み込んだ。五所川原の旧家である福士家に、死体を負ぶって現れたのはその三時間後である。

折も折、先代の法事で福士家では一族が集まっていた。

高級な礼服を着けた名門一同は、突然の闖入者に仰天した。

そこは二年前の戦争とも、戦後の闇市の猥雑さとも無縁の世界だった。

福士家の長男次男には召集令状は来なかったし、どんな食糧難でも食い物には困らない地主の家だったからだ。

菩提寺の和尚が読経する中に、担ぎ屋はどさりと福士の遺体をおろした。その様子は、建速須佐之男命が天照大神の機屋に、馬の皮を剝いで投げ込んだ神話を連想させた。暑い季節、死体は早くもにおい出していたし、くびり殺された変死体は、あまりにもむごい形相をしていた。

「作男の忘れ物だぞ、福士純一」

担ぎ屋は一同の視線を薙ぎ払うように、強い声でそう呼ばわった。

「望みどおり、弟の死体を届けてやったじゃ。葬式くらい上げてやっても罰は当たらねえべ。おめえのよこしたこの十万円でな！」

いうと同時に、百円札の雨が降った。

病中の当主は、末息子の死の真相を悟って、目を剝いた。

「この、人殺しめが——人殺しめが——！」

老人は力のない手で長男を打つ。それはいささかも痛くなかったが、純一にとっては身の破滅を意味していた。

＊

農地改革がいよいよ進み、地主の土地がただ同然で小作人に売り渡されているという記事が新聞に書かれてある。

おようが色をなして健吾をつかまえると、ルミーの身を案じた。バラックの連中が七輪で調理をするために外に出る、朝餉（あさげ）時のことである。

「健ちゃん、宮本の財産が何もなぐなってしまえば、どうすべえ」

「何？　農地改革ってが？」

健吾は、おようから新聞を受け取って読んだ。今日の朝刊ではない。日付は三日前になっている。芋の皮が付いていた。蒸（ふ）かし芋を買ったときの、包み紙らしい。

「せっかぐ、大地主の嫁になったのにのう。これがらは、地主もただの人が――」

カミサマが、七輪で飯を炊きながらいった。

健吾はげっぷをする。バラックの中のうどん屋で、すでに朝食を済ませていたのだ。

「それでも、竈返（かまどけ）すってことはねえべや。望まれで嫁に行ったんだば、幸せだべな」

「それが……」

おようは暗い顔をしているので、健吾は整った顔をきょとんとさせた。まだ十九の少年がこんな顔をすると、まるでけがれない子どものように見える。これで、あちこちに情婦がいるいっぱしのジゴロなのだ。その無垢な顔に、おようは八つ当たりした。

「何も知らねえで、気楽なこというな！」

おようは大きな声でいってから、実は家を出てきたルミーを、無理に説得して田名部にもどしたのだと、先の出来事を説明した。

「亭主は浮気者で、家が没落だば、ルミーがなんぼ辛抱しても無駄だじゃな――」

「でも、おようさん、無駄ってことねえべ。家族を持つってことは、辛抱するってことだべな」

おようがルミーにいったようなことを、健吾も話し出したときだった。

新聞記者の一戸が駆け込んできた。

「水を一杯くれ――」

どこから走って来たものか、一戸はおようの肩に両手を置いて、犬みたいに口を開けて息をした。短く切った髪の毛を伝って、汗が地面に滴り落ちる。飯を炊く釜にも落ちるので、カミサマがいやな顔をした。

「ルミーさんが――大変なんだ」

「何したって？」

おようと健吾とカミサマは、互いに目を見かわしてから、詰問の視線を一戸に投げる。

「ルミーさんが、大湊の遊郭に居るんだよ。そこで、娼妓をしているんだ」

前借金による娼妓の売買の廃止をＧＨＱが通達したのは、去年の一月のことだった。

東京の吉原遊郭をはじめとして、娼妓を置き客を遊ばせるむかしながらの遊里はなくなった。

斯くして娼妓と名の付くものは街娼となり、必要悪として定められた赤線区域の中で同様の商売をするようになる。

けれど、地方に行けば、旧態依然とした遊郭は存在し、娘や妻女が売られていた。女たちは相変わらず前借金で娼妓稼業に縛り付けられ、年季が明ける前に転売が繰り返され、遊郭から抜け出せない仕組みもまたむかしのままである。

そんな場所に、ルミーが居るという。

「公娼廃止の現実について取材に行って、偶然に会ったんだよ。大湊の金森楼というところに、ルミーさんが居たんだ」

「人ちがいでねえのか？」

「話もした。まちがいなく、ルミーさんだった」

ろくな着物も着せられず、赤い襦袢一枚で客を待っていた。そんな生々しい様子を聞いて、おようは恐慌をきたして健吾の腕にしがみついた。

「だって、ルミーは下北の名家さ嫁に行ったんだよ――」

その名家が没落するのではないかと、朝から心配していた矢先ではあるが。

「ちがうんだ。ルミーさん、宮本家の籍には入ってねえ。あの家は、ずいぶん前から借金で首が回らなくなっていたんだ。ルミーさんを嫁にするといって連れて行ったのも、ひょっとしたら最初から遊郭に売り飛ばす算段だったのかもしれねえ。――現に、弘前や八戸から嫁にするって水商売の女を連れて来ては、あっちこっちの遊郭さ売ってたって話を聞いた。現代の『青ひげ』だけんたもんだ」

「畜生、畜生！　ぶっ殺してやる。あの宮本づう男――必ずぶっ殺してやる」

おようが自分のバラックに飛んで行く。

おように限って、はったりではあるまい。包丁か、二つ名のいわれとなった剃刀を持ち出して、その足で田名部まで押しかけるつもりだ。

そうと察して、健吾はおようの背中に飛びついた。

「人殺しなんかしてどうする。あんたは刑務所行きで、ルミーさんはやっぱり遊郭さ縛られたままだべな」

「だって——」

ルミーを助け出すには、宮本が借りた借金を返さねばならない。

それができないおようには、宮本に復讐するより手立てがなかった。

一度は宮本の罠から逃れて帰って来たルミーを、敵の手の中に無理にも送り返してしまった自分は、刑務所に入れられることで落とし前をつけるのだ。

「おようさん、そしたら理屈、無茶苦茶だ」

「一戸さん、その妓楼が払った前借金はなんぼだのや？」

「十万円だどや」

パンパンの稼ぎでも、新聞記者の給料でも、とても足りない。

担ぎ屋の報酬でも——。そこまで考えて、健吾がハッとした顔をする。暴れるおようから手を放すと、同じような勢いで担ぎ屋の小屋に飛び込んだ。

＊

田名部の宮本家は、悠然たる構えで平坦な田舎の風景の中に鎮座していた。

おようは、玄関から「ごめんください」ともいわずに、ずかずかと中に入った。怒り心頭に発していたから、よっぽど土足のまま上がろうかとも思ったが、そうしなかったのは、おようが実のところ案外とたしなみのある女だからであった。

宮本家では、女中に給仕をさせて昼食をとっている最中だった。

上座には、愛人のところに入り浸っていたはずの宮本貢も居た。

宮本はおようを見て、あいまいな笑顔を浮かべようとして上手くゆかず、うろたえた顔を作った。笑おうがうろたえようが、泣こうがわめこうが、知ったこっちゃない。おようはその目の前までずかずか進む。

「あんた、だれですか」

そう叫んだのは、女中だったか、姑だったか。

どっちだろうと、やっぱり知ったこっちゃなかった。

およらは、でっぷりとした宮本の胸倉をつかむと、その顔をこぶしで殴った。

宮本は吹き飛んで、後ろのふすまをたおした。

「何をするんだ!」

叫ぶ宮本の目の前で、金森楼から取りもどしたばかりの十万円の借用書を破って見せた。

女中の亭主である運転手が、騒ぎを聞いて駆けつける。

警察に電話しようか、主人のかたきを討とうか迷っている様子だったが、おようは怯まなかった。

「あたしは青柳の剃刀およう、っていう、ちょっとは知られた姐さんだ。おめえだち、一人残らずぶっ殺すつもりで来たが、ルミーが許すっていったから、特別に目こぼしてやる。だけど、次はないよ。今度、罪のない女を食い物にしたら、あたしが金の稼ぎ方ってのを教えてやるはんでな！」

そう啖呵を切ると、ルミーを座敷牢に閉じ込めたという愛子を睨んだ。

愛子の前にある膳につま先をかけると、思い切り蹴りあげる。

おかずと飯を載せた膳は宙を飛んで、宮本の顔面にまっすぐに当たった。

飯と汁をしたたらせた宮本の顔を見て、英語なんかでルミーをからかった長男の顔と、賢しげな説教やら無視やらでルミーをいじめた姑の顔とを一巡してにらんだ。

この食事は、ルミーを売った金でこしらえた飯なのだろう。

そう思うと腹の虫は収まらなかったが、所詮は喧嘩なんてそんなものだから仕方がない。戦争で日本に勝ったアメリカだとて、さほど痛快ではなかったはずだ。

おようはまたずかずかと足音を高くあげて、宮本家を出た。

塀の外では、健吾とルミーが並んで待っていた。

＊

バラックにもどると、担ぎ屋と福士が将棋をさしていた。

おようが悲鳴を上げる。

「福士さん、あんた、死んだんでねがったの？」

「いやあ。ぼくは、ずっとともだちの下宿に居て——」

福士は困った顔で担ぎ屋を見た。担ぎ屋は桂馬を動かして、目を上げる。

「悪い時代だはんで、人間の死体だなんて、どごでも手に入るのさ」

「はあー？」

おようは遠慮のない大声で笑いだし、きょとんとするルミーに、福士暗殺の顚末を語って聞かせた。それが終わると、健吾が得意そうに付け加える。

「実は、ルミーさんを助けた十万円は、福士さんのにいさんが置いていった金なんだ」

「でも、それは葬式代に置いてきちゃったんだべ？」

珍しく、長い話の要点を理解したルミーが尋ねた。

「置いて来たのは、タヌキが使う葉っぱの金だ」

担ぎ屋の言葉は、その場に居る一同には少しも納得できなかったけど、冗談なのだと決めつけて笑って済ませることにした。担ぎ屋は悪い金を福士純一に返して、ルミーのために自分の金を出してくれたのかもしれない。真相を知っているらしい健吾は、何もいわなかった。

その日から、ルミーは福士と一緒に住むようになった。およそのバラックから、福士のバラックへと移っただけの、簡単な結婚の儀式だった。

ルミーはパンパンをやめて喫茶店の女給となり、ほとんど同じタイミングで、福士は知り合いの印刷会社に勤め始めた。

第七話　花嫁人形

1

カミサマの小屋は、どこか未開の地の呪い師(まじなし)の仕事場のようだ。

　祭壇と称して壁一面に飾られているのは、五色の帳(とばり)の下に、おどろおどろしい仮面と人形、蛇の剝製(はくせい)、人魚の木乃伊(ミイラ)、河童の木乃伊、鮮やかな火焔(かえん)太鼓に、木魚、鉦(かね)、銅鑼(どら)に、藁(わら)人形、蠟人形、陶器でできた丸い目玉、サビた釘(くぎ)とサビたハサミとサビた刀、木槌(きづち)、金輪、幽霊画。

　すべてが、こけおどしである。

　戦後の愁嘆場に、よくぞこんな無駄なものを集めてきたものと、近所の者たちは呆れているのだが、持ち家に住みまっとうな生活をしている人には、霊験あらたかに見えたりもするらしい。

カミサマはインチキな女だが、客の大方は本物だ。本物の問題、本物の傷心を抱えてやって来る。カミサマは口先だけのおためごかしを語って聞かせ、百円か二百円くらいの見料をとる。一ヵ月の電話代くらいの金額だ。

伊藤夫妻は、夫が会社員で、妻は家庭を守る、とりたてて変わったところもない人たちだった。四十代半ばに見える夫は頭のてっぺんがうすくなりかけ、妻はそろそろ中年太りが始まりかけていた。

「亡ぐなった息子の声を聞かせてください」

訴えは、切羽詰まっていた。

「戦争で亡ぐなりしたが？」

十中八九、そうに決まっているのだ。

これでまた、あそこのカミサマはよく当たると褒められる。

ところが、伊藤夫妻はかぶりを振った。

彼らの一人息子が亡くなったのは、確かに戦時中だが、死因は事故だった。

「息子は堤川で水遊びをしていて、溺れたんです。国民学校の五年生でした」

「一人で遊んでいたので、助けも呼べず、死んでしまいました」

夫妻は、カミサマとイタコを混同しているらしい。たまに、こういう客が居る。イタコは死者の霊を降ろして口寄せをするが、カミサマにはそんなことはできない。さりとて、本当のことをいえば、このカミサマにできることは説教と人生相談くらいのものである。占いも予言も全て口から出まかせだ。

だから、今日もその手で行こうと考えた。

「唵阿毘羅吽欠蘇婆訶、唵阿毘羅吽欠蘇婆訶」

自分でも本当はよくわかっていない、大日如来の真言を唱えた。そもそも、真言とは何なのかさえ、カミサマはチンプンカンプンである。幽霊など見たこともないし、死者の声も聞いたことがない。まったく、カミサマはどこにでもいる小母さまに過ぎない。

しかし、そのときはちがった。

突然、水の冷たさと重さが全身を包んだ。

呼吸が苦しくなって、頭の中に他人の思考と人格が無理やり入り込んできた。満員の汽車に乗るときに少し似ていた。ひとり分の肉体の中に、別人が押し入って来たのである。だから、ぎゅうぎゅうだ。

侵入者は、幼稚で愚かで哀れで怒り狂っていた。

「ぼくは殺された」

カミサマの口から、別人の声が出た。

声変わりする前の、少年の甲高い声である。

しかし、それは水の中で発したような、苦し気な声だった。

伊藤夫妻の顔付きが変わった。

「輝夫（てるお）！」

夫人がそう呼びかけ、カミサマは苦しさの中で「しめしめ」とも思う。亡くなった子どもの名前は「輝夫」というのだ。今からその調子で話をすすめたら、霊験あらたかさが増すというもの。

しかし、カミサマはそこから先はいつもの調子で仕事をすすめることが、まったくできなくなった。

空気の中で、カミサマはおぼれた。

ごぼごぼと、のどが鳴る。

肺に満たされた空気は、さながら水のように重たくなる。そこから酸素を取ることができなくなる。

「水に溺れさせられて殺されたんだ。苦しい、苦しい、口惜しい、口惜しい」

声はしまいには絶叫になった。

カミサマは胸をかきむしり、かつて経験したことのない苦痛で顔を断末魔のようにゆがめた。祭壇に飾ってある仮面や木乃伊みたいな顔になった。

伊藤夫妻は驚き慌てるが、手を貸していいものやら、助けていいものやらもわからない。

ぎゃああと聞き苦しい絶叫が、ゆがんだ口から迸り出る。

となり近所の住人たちが駆けつけた。

あごのしゃくれた気の強そうな女と、アロハシャツを着た美男子だ。どちらも、チンピラみたいな連中だった。しかし、ずいぶんとお人好しのように見えた。

*

カミサマは気絶すると、呼吸が元にもどったようで、すやすやと寝息をたてている。掛布団をかぶせてから、およう は客に番茶を出した。先日、ルミーと福士が魔法瓶を手に入れてきて、およう に贈ったのである。以来、およう は誰かれとなく、お茶をふるまうのが楽しみになっている。

健吾はカミサマの代わりに伊藤夫妻と向かい合うと、取り繕うように笑った。頼って来た霊能者があのありさまなのだから、だれかが頭を下げねばならない気がした。

「とんだ醜態を見せまして――」

正座をして頭を下げると、意外なことに伊藤夫妻は前のめりになって健吾の目を見つめてきた。

「いや、確かにさっき、輝夫が帰って来たのです」

大騒ぎだったから、ここでのやり取りは外に筒抜けだった。健吾がつい立ち聞きしてしまったことを詫びようとすると、夫妻はそれも遮った。

「輝夫は殺されたと申しておりました。これは聞き捨てなりません」

「それは、そンだ。仇ば討たねば。事故だってことになってだんですべ？　それだば、犯人がのうのうと暮らしているってことだじゃな。身内にしてみれば、そしたらこと、許されねえよ」

おようがけしかけるので、健吾はひやひやする。

「確かに、そのとおりです」

伊藤は茶碗に口を付け、この若い男と女を値踏みするように見た。

しかし、夫人には、そんな余裕などない。息子の亡くなったときのことを、熱心に語り出す。その目付きは、それこそ何かに取り憑かれたように異様な光を帯びていた。

「あの……でも……」

健吾は困っている。夫妻はカミサマのお客であって、自分たちは隣人に過ぎない。ここで口をさしはさむのは、いささか野次馬が過ぎるのではないか。

しかし、伊藤夫人は健吾とおようを離さなかった。

「輝夫が亡くなったのは、一昨年の七月です」

「終戦の年。大空襲の月だの」

「七月二十七日。大空襲の前日です。だから、よげいに、警察も息子の捜査に構っていられながったんだと思います」

昭和二十年七月二十八日の夜十時三十七分から十一時四十八分まで、アメリカのB29爆撃機が、青森市街を六万個の焼夷弾で焼いた。市街地の九十パーセントが焼け、七万二千四百五十八人が罹災した。前日の子ども一人の事故死が、官憲に見放されたと両親が考えるのも、無理のないことだった。

「輝夫は国民学校の五年生でした。疎開先で麻疹が流行り、青森の家にもどっておりました。あの日は一人で出掛けて行きました」

「遊びに行くなら行き先をいうようにと躾けておりましたが、あのころは時折、輝夫はだまって家を抜け出していたものです。それで、一度厳しく叱ったのですが、親のいうことは聞いてくれませんでした。いったい、なぜだったのか――」

どちらかといえば警戒気味だった亭主も、つい口を出した。いったんしゃべってしまうと、止まらなくなったらしい。夫人と争うようにして訴えてくる。

「夕飯時になっても、もどりませんでした。近所を探して――陽が暮れてから、警察から連絡がありました。堤川で小エビの網を仕掛けていた人が、水に浮かんでいる輝夫を見つけたのだそうです。見つけたときはもう――」

土左衛門(どざえもん)になっていた――とは、親の口からはいえなかった。しかし、健吾たちには伝わった。水を吸った遺体は、膨れ上がって、見るに堪えぬありさまになっていたろう。

「事故死だと思ってあきらめようとしましたが、どうしても胸騒ぎがするのです。輝夫は、一人で川遊びなどする子ではありませんでした。おとなしくて、家で本を読んでいるのが好きな子だったんです」

「せめて、一言、あの世で楽に暮らしていると、うそでもいいから聞きたいと――」

夫妻は、カミサマの霊験を信じて来たわけではなかった。風邪薬を飲むように、傷薬を塗るように、息子のことで何かしら手を尽くさねば、気持ちがおさまらなかったのである。

そうしたら、期待すらしなかった息子の霊が降りてきた。

しかし、それは亡き者との穏やかな会話などというものではない。

死霊は恨み猛(たけ)って、自分の死が殺人によるものだったと訴えた。

伊藤夫妻が引き下がれなくなった気持ちは、健吾にも理解できた。

しかし——。

「奥さん、旦那さん、あたしだぢさ任せてちょうだい」

おようがそんなことをいい出すので、健吾は慌てた。伊藤夫妻は赤の他人だ。殺された輝夫も知らぬ子だ。おせっかいを焼く筋合いではない。第一、おようも自分も、他人のことより自分の食い扶持をかせがねばならない。

でも、おようは一睨みで健吾を黙らせた。剃刀おようの一瞥(いちべつ)は、刃物を突き付けるのと同じ迫力があるのだ。

「警察なんかに任せておげねえべさ。第一、二年も前に事故だって決まったもんだものして、調べ直すなんてするわげがねえ。警察は、MPにゴマするのと、パンパンの狩り込みが忙しくて、それどごろでねえべ」

おようが自分の憤慨を取り混ぜて決めつけると、伊藤夫妻はすっかり真に受けてしまった。

こうして、健吾は二年前の、見知らぬ少年の水死事故をほじくり返すことになった。普段なら約束を反故(ほご)にするくらい屁とも思わない健吾だが、子どもの死のことで神経衰弱になっている親を見捨てるほど薄情でもなかった。

2

伊藤輝夫の死に関して、情報はなかなか集められなかった。

ひとつには、その直後に、街を一変させた空襲があったせいもある。

戦前から近所付きあいしてきたという主婦から聞いたのは、輝夫には三人の遊びともだちが居たということだ。

高志(たかし)、昭太郎(しょうたろう)、文二(ぶんじ)。

三人は輝夫と同じく学童疎開していたが、やはり麻疹の流行で青森に帰っていた。

運悪くそれからすぐに青森は大規模な空襲で焼かれた。

三人とも今も無事だというので、それぞれを訪ねて行くことにした。

その前に、輝夫の祖母をつかまえて、孫のことを尋ねてみた。

黒い網の鞄を下げて、近所に買い物に出た老婆は、健吾たちを胡散臭そうに見た。道々歩きながら話を聞こうと、息子夫婦に依頼されたことを打ち明けると、老婆はそれでも心を許した風もなく、顔をしかめた。杖（つえ）代わりの傘を振り回して、道端に居た鳩を追い払う。子連れの野良猫を見て、憎々し気に舌打ちをした。生きとし生けるもの、全てが敵といった性根の持ち主らしかった。

「あれは手癖の悪い子で、祖父（じ）さまのトランプや懐中時計、あれの母親が持ってきた花嫁人形、わたしの万年筆、銭（じえん）コ、ほかにもいろいろ盗み出して、どごさ持って行ったもんだがさ」

八百屋の店先で大根をつかむと、鼻先に持ってゆく。

「ああした死に方をしたのも、神さまの罰が当だったんだべさ。今頃、地獄の釜で焼かれでいるべな。当然の報いだ」

老婆の辛辣な物言いは、蛇口から捻（ひね）った水のように続いた。

健吾より短気なおようが、途中で切り上げて、次の目的地めがけて歩き出した。このまま聞いていたら、老婆相手に啖呵を切りそうになったらしい。

健吾もいい加減、胸がむかついていたので助かった。離れしなに耳をそばだてると、老婆は手芸屋の店主をつかまえて、また別の人間をこき下ろし始めた。どうやらその獲物とは、健吾とおようのことらしかった。

＊

小田高志は、電話局に勤める役人の次男だった。

今年で中学校一年生になる。髪の毛はよくある丸坊主ではなく、坊ちゃん刈りにしていた。顔立ちが整っているので、それでずいぶんと品が良く見えた。傷痍軍人の兄が居て、今も働けずにいるという。からだを負傷したというのではない。精神が参ってしまったらしいのだ。

高志は明朗な子で、近所の人間は兄に同情し、弟をほめた。兄は元特攻隊員で、死を覚悟して沖縄の前線を守った。弟は、そんな兄をいたわって、常日頃から健気に頑張っているという。

「やれやれ、ごりっぱだこと」

高志のことは、学校帰りのところをつかまえた。優等生とは程遠い少女時代を過ごしたおようは、高志の前評判を鼻白んで聞いていたが、高志本人に会うと、すっかりたらしこまれてしまった。

「輝夫のことは、ぼくも納得できずにいました。力になれれば嬉しいです。おにいさん、おねえさん、何でも聞いてください」

おにいさんかよ……健吾は呆れたが、おねえさんと呼ばれたおようは骨抜きにされている。剃刀おように啖呵を切られた人間が、これを見たらどんな顔をするだろうと考えたら、おかしくなった。

「輝夫とは、本当に仲が良かったんです。疎開も一緒に行きました。あのまま麻疹が流行ったりしなければ、田舎に居られて――。そうしたら、あんな事故も起こらなかったのにと思うと……口惜しいです」

「あんたたちも、空襲を体験することになってしまったもんのう。怖かったべ」

「はい。輝夫の事故は悲しかったけど、あいつが空襲に遭わずに済んだのだけは、ちょっと良かったかなあと……」

「輝夫くんの事故って、実は単なる事故ではながったらしいよ」

健吾は無神経な調子でいった。おようが過分にたらしこまれた分、健吾はこの美少年の気持ちを傷つけてみたいという嗜虐(しぎゃく)に駆られたのである。われながら、理屈に合わないことではあった。

「単なる事故じゃないって、どういうことですか」

高志は愕然とした。

「殺人ってことになるな」

「ええ……？」

高志が絶句してしまったので、おようから強烈なひじ鉄を食らった。

「そんないい方、しなくてもいいべさ」

健吾を叱ってから、おようは高志に笑顔を作ってみせる。剃刀おようが笑えば、案外と人好きのする顔になった。

「輝夫くんは、何か問題とか抱えてながったべが？　たとえば――人に恨まれるとか、人の弱みを握っちゃったとか」

「ええ……？」

高志は今度も言葉をなくしてしまった。小学校（国民学校）五年生に、そんなギャング映画みたいな事情があるわけがないと、健吾は思った。高志もそう思ったようだ。

買い物に出た高志の母親がこちらに目をとめたので、健吾たちは高志に愛想の良い礼をいって別れた。

おようはバラックにもどって、パンパン姿に化ける時間だ。

健吾は、市役所勤めの年上の女のアパートに向かった。この女と一緒になったら、真人間になれるかなあと、ときどき思っている。そんな女だ。

＊

翌日に会った蛯名昭太郎は、高志とは対照的な少年だった。愚連隊の予備軍である。

下校時に待ち伏せしようとして、そもそも中学校の下校時間などわからず、昼過ぎに門の外で待っていたら、早々と昭太郎が出てきた。サボタージュしてきたのだ。

頭は丸刈りにしているが、歩く仕草もいっぱしの不良だ。

そんな不良少年だから、少しばかりよけいに年季の入った健吾とおようの前では、素直な態度をとった。当然のこと、健吾としては昨日の高志よりこちらの方が数段可愛かった。

「輝夫と仲が良がったって？　高志がそうしゃべったんですか？」

昭太郎は呆れ声でいって、笑った。口と片頬をゆがめた、悪漢みたいな笑いだ。

――いや、くわえ煙草でニヤリとするＧＩの表情を真似ているのかもしれない。どちらにしても、幼すぎて学芸会のように見える。

「おれだぢは、輝夫と仲なんか良ぐながったよ。ろくに話もしたことねえ。高志は優等生だから、あんたたちばがっかりさせたぐなくて、大げさにいったんだべ」

「輝夫くんが死んだときのこと、覚でるな？」

「同級生が死んだんだから、忘れらいねえよ。でも、次の日の空襲で、おれの家が焼げだからな。正直、それどごでねがったじゃ」

そういって、ピースに火をつける。おようがひったくって、下駄の歯で踏みにじって消した。

三人目の鳥谷部文二は、前の二人のようにはいかなかった。

声を掛けようとしたら、すぐさま逃げられた。

パンパンの狩り込みで逃げ足を鍛えているおようも、闇市の取り締まりから逃げるのに慣れている健吾も、日ごろの不摂生のせいか、中学生に追いつくのには骨を折った。

結局、挟み撃ちにして、ようやく捕まえた。

追いかけっこの興奮が治まらないせいか、おようは文二の肩をつかむと、顔に食いつく勢いで怖い声を出す。

「あんた、伊藤輝夫くんのともだちだったよねえ。輝夫くんのこと、教えでもらうよ」

「し……知らない人と、口を利ぐなっていわれでる……」

文二は、おようが燃え盛る火焔であるかのように、懸命に顔をそむけた。ガキだから――いや、堅気の男もそうなのだが、おようのような女がわかっていない。おようみたいな擦れっ枯らしは猟犬と同じだ。逃げれば追う。そして噛みつく。

「あたしはねえ、街じゃ剃刀おようって呼ばれている、ちょっとおっかない姐さんさ。隠しごとしてれば、為になんないよ!」

そういって本当に剃刀を出して見せたので、健吾が慌てた。

しかし、凄まれた文二の慌てようは健吾の比ではなかったようだ。

だから、予想しなかったことまでしゃべり出した。

「輝夫は脅せば、何でも持って来たんだ。トランプとか万年筆とか懐中時計とか。花嫁人形まで持って来たっけ。トランプはおれだぢで遊んだ。万年筆と懐中時計は、昭太郎が親戚の闇屋に売って、その金でビスケットを買った。花嫁人形はかさばるから、高志も苦笑いしてだっけな」

「昭太郎とあんたが、輝夫くんを脅かしてだっての?」

「ちがう、ちがう! おれと昭太郎は、命令されてただげだ」

「だれに?」

「高志から――」

「うそこけ、この……」

およう は、驚いている。

優等生の化けの皮、はがれたり。健吾は納得顔だ。

一方の文二は高志の名をいってから、ひどく狼狽し出す。

「特攻隊のこととか――おれ、知らねえ！」

いいざま、文二はおようの足の甲を思い切り踏みつけた。

さすがのおようも悲鳴を上げる。

その隙を見て、文二は逃げ去ってしまった。

「ちっきしょう、ガキめ」

うずくまって足をさすりながら、おようは健吾が先に思ったとおり、猟犬みたいに唸った。健吾はその様子を見守り、腕組みをする。

「高志と昭太郎と文二は、輝夫を脅して家にあるものを盗ませていた。ともだちなんかじゃながったってことか」

「ガキども、とんだ食わせものだったじゃ――。とくに、あの高志ってヤツ」

＊

足を引きずるおようを連れて、ひとまず伊藤家を訪ねた。

文二から聞いたことは、そのまま夫人に伝えるのは尚早だ。死んだ息子が遊び仲間たちに利用され苛められていたなど、母親の心には毒になるばかりだろう。そのことには口をつぐんで、おようの負傷を見せたら大いに同情された。

「そこに座って。足を見せて」

夫人は、台所の奥から焼酎の瓶を持って来た。底の方に四分の一ほど、砕いた木の実が漬けてある。橡水（とちみず）といって、打ち身の薬だ。これを脱脂綿にしみこませて、腫れだした足の甲に塗った。

「冷（しゃ）っこい」

おようが笑うと、夫人も笑った。

「輝夫くんは、小田高志くんとは仲が良がったんだべが？」

おようがそんなことをいうので、健吾はつい身構えた。しかし、およう は輝夫が苛められていたことではなく、小田家のことを聞きたがっていたようだ。

意外なことに、伊藤夫人は噂好きらしいところを披露する。

「うちの輝夫が亡くなったころだけど、小田さんの家ではおかしな信心をしていたらしいの。〈おすべてさま〉っていうんだけど、知っている？」

「はあ、〈おすべてさま〉ですか」

それならば、健吾は教祖が逮捕された事件の関係者になってしまった。

「おっかないカミサマなんだっつきゃのう」

ただ興味本位らしいふりを装っていたら、伊藤夫人はおようの手当てを終えて、薬瓶にふたをしながら続けた。

「高志くんのおにいさんが特攻隊員だったんだけど、小田さんの奥さんが、戦時中に〈おすべてさま〉を拝んだら無事に帰って来たんだどさ。それで、かなりのめり込んでいたらしいのよ」

「でも〈おすべてさま〉は、警察に捕まったでしょ」

「んだつっきゃのう」

夫人が立ち上がったので、健吾たちも伊藤家を辞した。

「あ」

玄関の前に小田高志が立っていた。

坊ちゃん刈りの美少年は、品行方正な仮面をかなぐり捨てている。上目づかいに健吾たちを睨んできた。姿が美しいだけに、敵意を向けられると邪悪さが際立った。

「あんた、何しに――」

おようがいいかけた言葉は、最後まで続かなかった。

高志が、突然、きびすを返して走り出したのだ。

それを追ったのは、逃げた鼠を追いかける猫の習性みたいなものだった。追ってまで、問いただしたいことは、もはやない。

「待で、この」

椽水が急に効いたわけでもあるまいが、およう は健吾を抜いてぐんぐん走った。

さりとて、高志はどうして伊藤家の前に居たのか。

健吾は、高志の立場になって考えてみた。

ずっと秘密にしてきた輝夫への苛めを、健吾たちが突き止めてしまった。白状した文二が、そのことを高志に注進におよんだのかもしれない。そもそも、今ごろになって輝夫と高志たちのことを嗅ぎまわる健吾とおようのことが気になったのだろう。

健吾たちが調べたことを輝夫の親に告げ口すると、高志は踏んだ。だから、様子を見にきた。――そんなところだろう。

「だれか――だれか、助けて！　人さらい――人殺し！」

逃げる高志がそんなことを叫び出したので、健吾たちはたじろいだ。

あいにくと、こっちはチンピラにパンパンの組み合わせである。坊ちゃん刈りの美少年を追いかけるには、あまりに胡乱だ。通りすがりの大人たちが、健吾たちに不審な視線を向けた。怒鳴り出す者、追いかけて来る者もある。

「およう、逃げるぞ」

悪童にしてやられた。

おようが口惜しさのあまり「ああ！」と低く叫んで、結局はそれを合図に二人はバラックへと逃げ帰った。

3

カミサマが、意識を回復した。

インチキ霊能者としたことが、本当に降霊術をやりおおせ、その霊の障りでやっつけられてしまったことに、カミサマはいたく自尊心を傷つけられていた。

「イタコみたいな口寄せがでぎだんだもの、大したもんだべな」

バラックに帰ってから、おようは自家製の橡水を足の甲に重ねて塗りながら、カミサマの健闘をたたえた。その半分は、からかい口調ではあったが。

「ありゃあ、たンだでねえ、ガキだ」

「輝夫くんのことが？　あんた、カミサマなんだから、幽霊に取り憑かれたからって、そした文句ばしゃべったら……」

「いや、輝夫ば苛めでだ童子共のことよ。高志と、昭太郎と、文二や」

健吾たちが負傷したり、してやられたりして知り得た名だ。バラックで伸びていたカミサマが、どうして三人の名を知っているのか。そう訊くと、カミサマは意外なことをいいだした。

輝夫はカミサマが失神した後も離れず、さまざまなことを語ったらしい。

「輝夫は三人の童子共さ脅されで、時計だの万年筆だの、家から盗み出していたんだずね」

カミサマは、自分が脅されていたかのように、憎々し気にいった。

それが、文二が白状したことと同じだったので、健吾は改めて啞然とする。しかし、輝夫の霊はそれ以上のことをカミサマに告げていた。

輝夫を殺したのは、高志たち三人だというのである。

高志たちは共謀して、輝夫を堤川べりに誘い出し、溺れさせて死なせた。その死体を川の流れに押しやって、逃げたのだった。

　苛められるのも口惜しかったが、まさか殺されるほど憎まれていたとは思わなかった。輝夫の霊は、殺されたときに味わった苦しさと、口惜しさ、そのことへの不可解さがつのり、とうていあの世に行けないと、訴えた。

＊

「なあ、兄貴。不思議なこともあるもんだよな。この世には、幽霊ってのが、本当に居るんだなあ」

　カミサマの身に起きたこと、おようと二人で探偵の真似をしたことなどを担ぎ屋に話した。さすがの担ぎ屋も、今度ばかりは興味を持つだろうと期待したのに、かえってきた返事は素っ気なかった。

「それ以上、かかわるな」

「なして？」

　思わず、子どもみたいに訊いた。

「おめえ、いづまで、ここさ居る気だ？」

「兄貴、気ィ悪ぐしたんず？　おれ、何か悪いことといった？」

「いづまで居る気がって訊いてるんだ」

「んーと。兄貴が出て行げってしゃべるまで」

「だったら、それ以上、カミサマの客さかかわるな」

「なして？」

怒らせるかな。健吾は子どもみたいな問答をしながら、担ぎ屋の顔色をうかがっていた。

そのとき、ルミーが走り込んで来たので、担ぎ屋がどうして「かかわるな」などというのか、聞き出せなかった。

「健ちゃん、兄貴さん、外さ怪しい男が居るの」

「本当にな？」

「若い男。暗くて幽霊みたいで、家の戸だの窓だのば、一軒一軒、覗いでるの」

ルミーを部屋の中に入れて、健吾が外に出てみた。居るのは、普段どおりの有象無象たちばかりで、彼らは例外なく胡乱なやつらだが、ルミーがいうような男は居なかった。

ルミーは妊娠三ヵ月で、亭主の福士は出張で仙台に居る。

「およううさんは？」

「留守みたいなんだ」

　おようが帰って来たのはそれから一時間ほど経った後で、獲物を捕まえて意気揚々と部屋に入って来た。

　おように連れて来られたのは、三十路ほどのやせた男だった。襤褸を着て、無精ひげと、脂ぎった髪の毛が、痛々しいほどにむさくるしい。

　金を出し渋ったおようの客かと問うと、ちがうという。

「こいつ、〈おすべてさま〉の残党だんずや」

　おようは、男みたいな言葉づかいをする。剃刀おようの血が猛っているらしい。

「さあ、さっきいったこと、もう一回しゃべってみろ」

　脇腹をド突かれて、男はよろめいた。

「小田博人は、特攻隊員だった。小田の家の者は、長男にどうしても生きて帰ってほしいから〈おすべてさま〉にすがったんだ。〈おすべてさま〉のお告げは、身代わりが必要だってことだった。それは、つまり、博人の代わりに死ぬ者が必要だってことだ。生贄だ。生贄を殺せば、博人は帰ると――」

　小田博人というのは、高志の兄だという。

〈おすべてさま〉は、博人を生還させるために、生贄を殺さなければならないと告げた。

死ぬべき人間を生かすには、だれかにその死を押し付けねばならない。

孤児の生き肝を取った児肝事件と、そっくりな理屈である。

高志が伊藤輝夫を殺害した動機は、兄の身代わりにするためだった。

仲間内で、殺してもいい存在。

それが、輝夫だったのだ。

「なんって——こったよ」

「どうする？　警察さ届ける？」

おようが手を放すと、〈おすべてさま〉の残党だという男は、こちらに牽制の視線を向けながら、こけつまろびつ逃げ去ってしまった。おようはその後ろ姿を、なぜかのんきに見送っている。

「あたし、警察は苦手なんだよなあ」

「そもそも、何の確証もねえ」

そういったのは、健吾ではなく担ぎ屋である。

＊

バラックを覗いていた不審者が、再び現れた。

若い男だった。ルミーのいうように、幽霊みたいに生気がなく、足も立たないのではないかと思うほど痩せていた。どこかで会ったような風貌だが、思い出す前に逃げられてしまった。死人かと見まがうほど元気がないのに、逃げ足の速さには舌を巻いた。

「ありゃ、復員兵だ。ふらふらに見えても、鍛えられてるんだ」

カミサマがそう決めつけた。

「また、カミサマさ魂コ(タマシ)が降りで来たかぁ？」

およウが、からかって笑う。

ルミーは福士が帰るまで、およウの部屋に泊まることになった。福士より、およウと居た方が数段心強い。不審者に関しては、それで片が付いたような気になっていた。

問題はほかにあった。

輝夫をめぐる証言が、遊び仲間たちの苛めから、殺人に変わったことだ。

ただ、そう告げたのは、カミサマに取り憑いた輝夫自身と、〈おすべてさま〉のシンパである。元よりカミサマはインチキ祈禱師だし、〈おすべてさま〉は警察に殺人罪で逮捕された邪教の教祖だ。そこから出た言葉を、輝夫の親に正直に告げるのは、それは正直というよりは、馬鹿正直というものではなかろうか。健吾はそのことで迷っている。

少なくとも、健吾より考えが深いであろう担ぎ屋からは、この問題にかかわるなと釘を刺されていた。担ぎ屋が、どうしてそんなことをいうのかも、健吾はわからなかった。

伊藤夫妻に馬鹿正直にいうか。

実際に起こった殺人を見逃すか。

答えが出ないままに伊藤家の近くまで行ったら、健吾は奇妙な既視感に襲われた。

前に、小田高志が佇んでいた伊藤家の玄関の前に、高志とそっくりな男が立ち呆けている。

それは、バラックに来ていた不審者だった。

「待て、こいつ」

今度は相手が気付くのが遅れて、健吾はその男を捕まえることができた。

ちょうどそのとき、買い物からもどった伊藤夫人と鉢合わせしたので、健吾はきまり悪い思いをする。夫人は健吾を見て、そして不審者の男を見て、なぜか笑った。

「あら、博人くん。外さ出られるようになったのが？」

博人。

小田博人。

それと知らずに追いかけていたのにも驚いたが、伊藤夫人がこの男に笑いかけた事実に愕然となった。輝夫少年は、この男の身代わりとして殺された――かもしれないというのに。

＊

小田博人は、健吾に捕まってしまうと、とたんに従順になった。

その理由がわからなくて、却って健吾がたじろいだくらいである。

博人は伊藤家の近くにある空き地に入って行くと、白詰草（しろつめくさ）が一面に伸びている中に腰を下ろした。健吾は一人で立っているのも間がもたないので、となりに腰かける。

博人は口を開きかけて咳き込み、それが治まると改めて健吾の方を見て話した。

「あんたは、あのバラックの人だな」

「んだけど、それがどうかしたのな？」

健吾はわれ知らず喧嘩腰（けんかごし）になるのを、どうにか抑えた。

博人はそんなことは、気にしていないようだった。そして話し出したのは、健吾には縁もゆかりも興味もない物語である。

「おれは、特攻隊の生き残りだ。知っているか——？　特攻隊員には志願した者だけがなると思われているらしいが、それは嘘だ。航空戦で部隊の何人かが死んで人数が足りなくなると、残りは特攻隊に回されることがある。おれも、そのクチだった。

おれは死にたくなかった。

それを、責められるか？

虫けらだって、捕まえようとすれば、必死で逃げる。生きようともがくじゃないか。人間が生きようとするのは、当然のことだ。

おれはピストルで自分を撃って、出撃を回避しようとした。銃が暴発したというつもりだった」

博人は左手で銃口を握って、右手で引き金に手を掛けた。

左手に怪我を負うつもりだ。

でも……。

恐ろしかった。特攻に行けといわれたときの戦慄よりも、ひどい。それは文字通り身に迫る恐怖だった。吸う息と吐く息がごちゃごちゃになり、自分の息に窒息しそうだった。のどにこみあげて来るものがあり、激しくえずいた。

静かにしなければ、だれかに気取られてしまう。

そう焦れば焦るほど、のどが震えた。全身が震えた。

(引け——引け)

引き金を。

しかし、もしもこの工作がばれたら、軍法会議にかけられる。そして、処刑されてしまうのではないか。そう思ったら、別の恐怖に襲われた。地獄だった。人の一生で味わう苦痛を、博人はその短い躊躇によって味わい尽くした。

そして、結局、工作は断念せざるを得なかった。

人が来たのだ。

「稗田(ひえだ)という少尉だ。おれと同じく、学徒出身の特別操縦見習士官制度で飛行機に乗ることになった男だった。そういう連中は、なまじ知恵があるだけ、意気地がないんだ。少年飛行兵出身の下士官は、威勢がいい。あいつらは、死ぬことと、ちょっとした手柄を立てることの区別がついてないんだよ。

ともあれ、おれは死ぬのが怖かった。そして、稗田に、見られてしまった。自傷行為で、戦線離脱しようとする魂胆をな。これが上官に知られたら、軍法会議で死刑だ。

だが、稗田はおれの臆病を『黙っていてやる』といった。生き延びたいのなら、その望みをかなえてやるともいった。そして、こういったんだ」

――なんぼ、出す。

「え？」

健吾は眉根を寄せて博人を見る。

それは、担ぎ屋が仕事を受けるときの決まり文句だったからだ。

いい加減に聞いていたが、健吾はそれからは犯人の証言を聞く刑事みたいに、一言も聞き漏らすまいと、博人に顔を向けた。

「〈なんぼ〉といったのは、あいつが関西人なのか、それとも東北人だったのか。なんぼの〈ぼ〉にアクセントがあって、東北弁に聞こえた。おれと同郷の津軽弁をいっているように聞こえたんだ。しかし、稗田の出身地も経歴も、おれは知らなかった。

ともあれ、おれは稗田に足元を見られて強請(ゆす)られたわけだ。

もちろん、命の対価になる金など、持ち合わせていない。

しかし、稗田に見られた以上、もう同じ手は使えなかった。おれは自分を撃つなんて、そんな蛮勇を持ち合わせていなかった。おれは絶望した。同時に恥ずかしかった。だから、とことん腰抜けを演じてみようと思った。稗田の冗談に乗るフリをしたんだ。いかにも……冗談だと思ったんだよ。

もしも生きて帰れたら、望みのものは何でもくれてやる。おれは、稗田にそういったんだ」

――それは、いいな。本当に何でもくれるのか？

「おれは、そうだといった」

――今夜、布袋屋で飲め。

布袋屋というのは、宿舎近くの食堂を兼ねた旅館で、酒も飲める。特攻隊員に会いに来た家族などが、よく泊まっていた。悲しい別れが繰り返され、しみ込んだ場所だった。

稗田にいわれたとおり、博人は布袋屋で酒を頼んだ。

漆原中尉という男が、やはり一人で飲んでいた。

漆原は、明日、出撃が決まっていた。出撃とは、敵艦への突入である。

彼は肝の据わった男で、部下に慕われていた。部下ならずとも、それこそ少年飛行兵出身の連中には、神格視されていたくらいである。過去に三度も出撃したが、漆原の機だけが不調でもどって来た。部下たちが全員突入し、自分だけが残っていたことを、とても悔やんでいた。早く部下たちのところに行きたいといっているのを博人も聞いたことがある。

博人にしてみたら、三度も死の恐怖と向き合い、なおかつ冷静でいられるなんて——早く出撃したいと考えるなんて——感心を通り越して正気を疑う。つまり、博人は、この上官のことが、あまり好きではなかった。

そんな漆原が、一人で飲んでいた博人の方を向き、突然に立ち上がった。顔がこちらを向いた。その黒目に、光がなかったのを博人は覚えている。真っ黒な、ただ穴が開いたような目なのだ。漆原の顔は、生きながら幽霊になった。そんな顔をしていた。

——中尉どの……?

博人が思わず呼びかけると、漆原は手をこちらに向けて持ち上げた。ピストルがにぎられていた。

幽霊みたいな漆原の顔から、汗がしとどに流れ落ちていた。無表情な口の端が、ぴくぴくと震えている。まるで、木偶と化した中尉を、別の何かが——浄瑠璃のように操っているような、そんな印象を受けた。

危ない、と思ったがからだが動かない。

博人もまた、浄瑠璃の人形と化していたのだ。

黒衣が居る。確かに、居る。

博人がそう思ったとき、漆原は引き金を引いた。汗は雨に打たれたほどに、したたっていた。

轟音とともに、博人は後方に吹き飛んだ。

自分の悲鳴と、事件を目撃した布袋屋の女将の悲鳴が重なった。

焼け火箸ででも刺されたような痛みが貫いた。

左肩を、弾丸が貫通していたのだ。

漆原はといえば、やはり木偶だ。

人形遣いに見捨てられた人形のように、その場にぺしゃりと座り込んでしまった。

憲兵が来て連行するまで、ぴくりとも動かなかったのである。

「漆原中尉は、翌日の出撃を恐れるあまり錯乱したということで、軍法会議にかけられた。――処刑されたと、誰かがいっていた。そのころにはもはや、若い下士官たちに中尉を讃える者はいなくなった。皆があしざまに、幻滅だ騙された卑怯者だとののしった。

おれは銃創がよくならず、病院で終戦を迎えた」

博人は健吾を見た。何も知らぬ健吾に、懸命に問いかけるような目をしている。

「おれは、そのときのことが、稗田の仕業としか思えないんだ――」

「稗田づう人は、どうなったんですか」

「特攻隊員として死んだらしい。おれは、何でも差し出すという約束を果たせず終いとなった。だけど、そんなこともずっと忘れていた」

終戦から復員するまでは、必死だった。

アメリカ軍が来て、特攻隊の生き残りは真っ先に殺されるという噂が立ち、博人は這う這うの体で青森まで逃げ帰って来た。特攻の基地は鹿児島の知覧である。南の端から北の端まで、どうやってもどったのか、ただひたすら逃げた。宿舎で自分の手を撃とうとしたときよりも、もっと必死でもっと惨めだった。稗田のことも、漆原のことも、考えている余裕がなかった。

「だから、却って幸せだったかもしれない」

しかし、こうして命の危険が無くなると、博人は稗田と漆原の気配を感じるようになった。地獄に居る稗田が、命の代償を支払えといっているような気がする。不名誉な死に陥れられた漆原中尉の、凄まじい怨念を感じる。

「本当は三人ともが死ぬはずだったんだ。死なねばならなかったのだ。しかし、おれが運命を狂わせたせいで、中尉を卑怯者にさせてしまった。稗田は、おれの願いを聞き届けた報酬を受け取ることなく、死んでいった。

そして、おれはもはや、死ぬことはできない。死んだとしても、あのときの過ちを取り消すことも絶対にできないんだ」

＊

近所のドブロク屋が作った密造酒を、三輪トラックで駅前の飲み屋に運ぶ道すがら、健吾は小田博人から聞いた物語を担ぎ屋に話した。

担ぎ屋は聞いているのかいないのか、あいづちも打たず、うながす言葉一つうでもなく、さりとて遮りはせずに黙っていた。

そうして、バラックにもどってきたら、何もない暗がりの中に博人が居た。

「あんた、なしてここに――」

健吾は途中までいって、ふと思案する。

この男はバラック周辺を覗き歩いていた不審者当人である。あるいは――この小屋を探していたのではないか。担ぎ屋を捜していたのではないかと思った。

（それって、どういうことだ）

うろたえる健吾の目には、落ち着き払った博人と、彼が持参したらしい花嫁人形が映った。伊藤輝夫が自宅から持ち出して、悪童の三人がこればかりは処分のしようがなくて持て余していたという花嫁人形なのかもしれない。

博人はそれを、担ぎ屋に差し出した。

「おまえの花嫁だ」

博人がおかしなことをいいだしたので、健吾は驚いた。

しかし、博人の顔付きは正気そのものだった。

「死んでしまったおまえを供養する、花嫁人形だ。おれには、こんなことしかできないんだ」

博人は上体を伏せて、土下座した。

健吾はその姿と、担ぎ屋とを見比べている。

（この男は、何いい出す気や……）

担ぎ屋が、特攻で死んだ稗田だといっている。

そんな馬鹿なことはあるまいと思う健吾の意識のうちに、小田博人少尉の聞いた稗田の言葉が、とても現実味のある声で響く。

——なんぼ、出す。

それは、やっぱり担ぎ屋の言葉だ。

「稗田づう男は、おまえを担いだんだべや。漆原は元から臆病者だった。だから、出撃しても飛行機の不調だなんていって、三度も基地にもどって来た」

「ちがう。——ちがうぞ、稗田」

博人は今度は、担ぎ屋のことをはっきりと稗田と呼んだ。けれど、その先の言葉が続かない。担ぎ屋は博人の前にしゃがみ込む。

「死んだのは、おれでなくて、おまえだ。早く生き返れ」

「え——？」

「生き返って、おめえのためにともだちば殺した弟を、警察に連れて行ってやれ」

博人は担ぎ屋の腕にしがみついて、わあわあと声を上げて泣いた。

なにごとかと、おようとルミー、福士とカミサマが駆け付けた。ほかにもバラックの住人たち、ドブロク屋やよなげ屋、ポン引きたちも顔を出す。

健吾は両手を広げて、皆を追い出した。そして、泣いている博人のことも追い出した。

「あんたも帰れってさ。もう生き返れってさ」

「稗田……」

花嫁人形だけが、ぽつんと残った。

「ありがとう」

博人は、うなだれて帰って行った。健吾の目にはふと、博人が絶望と希望の境目の、細い線をつなわたりしているように見えた。

「あの男はもう大丈夫だ。死人は泣げねえからな」

「そうしたもんですかね」

魔法使ひは死人も生き返らせる。二年間、死人の側に居た小田博人は、命の対価を残った人生で支払ってゆくことになる。それを思うと、同情もした。それでも、死んでいるよりは、いいに決まっている。

「午後は、戸山から米一俵担いできてもらうぞ。トラックは別の用に使うから」

担ぎ屋がそんなことをいい出したので、健吾は悲鳴をあげた。

「ええ、無理だじゃー。兄貴、米一俵は重た過ぎるべやー」

「今日から毎日だ」

「無理だじゃー」

二人そろってバラックを出た。

空気の冷たさに、空を見上げた。重たげな雪雲がたれこめている。

「供米(きょうまい)強権発動の、先手を打て」

「お……おう」

空襲で九割が焼失した市街は、季節と同じ速さで復興が進んでいた。混乱の中で生まれた有象無象たちが、歴史のほんの短い間だけ、瓦礫(がれき)の地上で踏ん張っていた。そんな時代のことである。

本書は書下ろしです。

|著者|堀川アサコ　1964年青森県生まれ。2006年『闇鏡』で第18回日本ファンタジーノベル大賞優秀賞を受賞してデビュー。『幻想郵便局』、『幻想映画館』(『幻想電氣館』を改題)、『幻想日記店』(『日記堂ファンタジー』を大幅改稿の上、改題)、『幻想探偵社』、『幻想温泉郷』、『幻想短編集』、『幻想寝台車』の「幻想シリーズ」、『大奥の座敷童子』、『おちゃっぴい　大江戸八百八』、『芳一』、『月夜彦』(以上、講談社文庫)で人気を博す。他の著書に「たましくるシリーズ」(新潮文庫)、「予言村シリーズ」(文春文庫)、「竜宮電車シリーズ」(徳間文庫)、『おせっかい屋のお鈴さん』(角川文庫)、『小さいおじさん』(新潮文庫nex)、『オリンピックがやってきた 1964年北国の家族の物語』(KADOKAWA)など多数。

魔法使ひ(まほうつかい)

堀川(ほりかわ)アサコ

定価はカバーに
表示してあります

2019年6月13日第1刷発行

発行者――渡瀬昌彦
発行所――株式会社　講談社
東京都文京区音羽2-12-21　〒112-8001
電話　出版　(03) 5395-3510
　　　販売　(03) 5395-5817
　　　業務　(03) 5395-3615

Printed in Japan

デザイン―菊地信義
本文データ制作―講談社デジタル製作
印刷―――株式会社新藤慶昌堂
製本―――株式会社国宝社

ISBN978-4-06-515440-3

講談社文庫刊行の辞

二十一世紀の到来を目睫に望みながら、われわれはいま、人類史上かつて例を見ない巨大な転換期をむかえようとしている。

世界も、日本も、激動の予兆に対する期待とおののきを内に蔵して、未知の時代に歩み入ろうとしている。このときにあたり、創業の人野間清治の「ナショナル・エデュケイター」への志を現代に甦らせようと意図して、われわれはここに古今の文芸作品はいうまでもなく、ひろく人文・社会・自然の諸科学から東西の名著を網羅する、新しい綜合文庫の発刊を決意した。

激動の転換期はまた断絶の時代である。われわれは戦後二十五年間の出版文化のありかたへの深い反省をこめて、この断絶の時代にあえて人間的な持続を求めようとする。いたずらに浮薄な商業主義のあだ花を追い求めることなく、長期にわたって良書に生命をあたえようとつとめるところにしか、今後の出版文化の真の繁栄はあり得ないと信じるからである。

同時にわれわれはこの綜合文庫の刊行を通じて、人文・社会・自然の諸科学が、結局人間の学にほかならないことを立証しようと願っている。かつて知識とは、「汝自身を知る」ことにつきていた。現代社会の瑣末な情報の氾濫のなかから、力強い知識の源泉を掘り起し、技術文明のただなかに、生きた人間の姿を復活させること。それこそわれわれの切なる希求である。

われわれは権威に盲従せず、俗流に媚びることなく、渾然一体となって日本の「草の根」をかたちづくる若く新しい世代の人々に、心をこめてこの新しい綜合文庫をおくり届けたい。それは知識の泉であるとともに感受性のふるさとであり、もっとも有機的に組織され、社会に開かれた万人のための大学をめざしている。大方の支援と協力を衷心より切望してやまない。

一九七一年七月

野間省一

講談社文芸文庫

オルダス・ハクスレー　行方昭夫 訳
モナリザの微笑　ハクスレー傑作選
解説＝行方昭夫　年譜＝行方昭夫

ディストピア小説『すばらしい新世界』他、博覧強記と審美眼で二十世紀文学に異彩を放つハクスレー。本邦初訳の「チョードロン」他、小説の醍醐味溢れる全五篇。

ハB1
978-4-06-516280-4

ヘンリー・ジェイムズ　行方昭夫 訳
ヘンリー・ジェイムズ傑作選
解説＝行方昭夫　年譜＝行方昭夫

現代文学の礎を築きながら、難解なイメージがつきまとうジェイムズ。その百を超える作品から、リーダブルで多彩な魅力を持ち、芸術的完成度の高い五篇を精選。

シA5
978-4-06-290357-8

本城英明 警察庁広域特捜官 梶山俊介 〈広島・尾道「刑事殺し」〉
堀田純司 スゴい雑誌 〈「業界誌」の底知れない魅力〉
堀田純司 僕とツンデレとハイデガー 〈ヴェルシオン アドレサンス〉
本多孝好 チェーン・ポイズン
本多孝好 君の隣に
穂村弘 整形前夜
穂村弘 ぼくの短歌ノート
堀川アサコ 幻想郵便局
堀川アサコ 幻想映画館
堀川アサコ 幻想日記店
堀川アサコ 幻想探偵社
堀川アサコ 幻想温泉郷
堀川アサコ 幻想短編集
堀川アサコ 大奥の座敷童子
堀川アサコ おちゃっぴい 〈大江戸八百八〉
堀川アサコ 月下におくる(上)(下) 〈沖田総司青春録〉
堀川アサコ 芳(ほう)一(いち)
堀川アサコ 月夜彦
本城雅人 境界 〈横浜中華街・潜伏捜査〉

本城雅人 スカウト・デイズ
本城雅人 スカウト・バトル
本城雅人 嗤うエース
本城雅人 贅沢のススメ
本城雅人 誉れ高き勇敢なブルーよ
本城雅人 シューメーカーの足音
本城雅人 ミッドナイト・ジャーナル
堀川惠子 裁かれた命 〈死刑囚から届いた手紙〉
堀川惠子 死刑の基準 〈「永山裁判」が遺したもの〉
堀川惠子 永山則夫 〈封印された鑑定記録〉
堀川惠子 教誨師
堀川惠子・小笠原信之 チンチン電車と女学生 〈1945年8月6日・ヒロシマ〉
ほしおさなえ 空き家課まぼろし譚
誉田哲也 Qros(キュロス)の女
松本清張 草の陰刻
松本清張 黄色い風土
松本清張 黒い樹海
松本清張 連環
松本清張 花氷

松本清張 ガラスの城
松本清張 殺人行おくのほそ道(上)(下)
松本清張 塗られた本
松本清張 熱い絹(上)(下)
松本清張 邪馬台国 清張通史①
松本清張 空白の世紀 清張通史②
松本清張 カミと青銅の迷路 清張通史③
松本清張 天皇と豪族 清張通史④
松本清張 壬申の乱 清張通史⑤
松本清張 古代の終焉 清張通史⑥
松本清張 新装版 増上寺刃傷
松本清張 新装版 紅刷り江戸噂
松本清張 大奥婦女記 〈レジェンド歴史時代小説〉
松本清張他 日本史七つの謎
松谷みよ子 ちいさいモモちゃん
松谷みよ子 モモちゃんとアカネちゃん
松谷みよ子 アカネちゃんの涙の海
眉村卓 ねらわれた学園
眉村卓 なぞの転校生

丸谷才一　恋と女の日本文学
丸谷才一　輝く日の宮
麻耶雄嵩　翼ある闇〈メルカトル鮎最後の事件〉
麻耶雄嵩　夏と冬の奏鳴曲
麻耶雄嵩　メルカトルかく語りき
麻耶雄嵩　神様ゲーム
松浪和夫　警官魂〈激震篇〉〈反撃篇〉
松井今朝子　仲蔵狂乱
松井今朝子　奴の小万と呼ばれた女
松井今朝子　似せ者
松井今朝子　そろそろ旅に
松井今朝子　星と輝き花と咲き
町田　康　へらへらぼっちゃん
町田　康　つるつるの壺
町田　康　耳そぎ饅頭
町田　康　権現の踊り子
町田　康　浄土
町田　康　猫にかまけて
町田　康　猫のあしあと
町田　康　猫とあほんだら
町田　康　猫のよびごえ
町田　康　真実真正日記
町田　康　宿屋めぐり
町田　康　人間小唄
町田　康　スピンク日記
町田　康　スピンク合財帖
町田　康　スピンクの壺
舞城王太郎　煙か土か食い物〈Smoke, Soil or Sacrifices〉
舞城王太郎　世界は密室でできている。〈THE WORLD IS MADE OUT OF CLOSED ROOMS〉
舞城王太郎　好き好き大好き超愛してる。
舞城王太郎　イキルキス
舞城王太郎　短篇五芒星
松浦寿輝　花腐し
松浦寿輝　あやめ鰈ひかがみ
真山　仁　虚像の砦
真山　仁　新装版 ハゲタカ(上)(下)
真山　仁　新装版 ハゲタカII(上)(下)
真山　仁　レッドゾーン(上)(下)
真山　仁　グリード(上)(下)〈ハゲタカIV〉
真山　仁　ハーディ(上)(下)〈ハゲタカ2・5〉
真山　仁　スパイラル〈ハゲタカ4・5〉
真山　仁　そして、星の輝く夜がくる
牧　秀彦　裂帛〈五坪道場一手指南〉
牧　秀彦　凜々〈五坪道場一手指南〉
牧　秀彦　雄飛〈五坪道場一手指南〉
牧　秀彦　清冽〈五坪道場一手指南〉
牧　秀彦　美剣〈五坪道場一手指南〉
真梨幸子　孤虫症
真梨幸子　深く深く、砂に埋めて
真梨幸子　女ともだち
真梨幸子　クロク、ヌレ！
真梨幸子　えんじ色心中
真梨幸子　カンタベリー・テイルズ
真梨幸子　イヤミス短篇集
真梨幸子　人生相談。
牧野　修　巴 亮介 漫画原作　ミュージアム〈公式ノベライズ〉
松本裕士　兄弟〈追憶のhide〉

宮城谷昌光　孟嘗君　全五冊
宮城谷昌光　春秋の名君
宮城谷昌光　子産(上)(下)
宮城谷昌光他　異色中国短篇傑作大全
宮城谷昌光　湖底の城〈呉越春秋〉一
宮城谷昌光　湖底の城〈呉越春秋〉二
宮城谷昌光　湖底の城〈呉越春秋〉三
宮城谷昌光　湖底の城〈呉越春秋〉四
宮城谷昌光　湖底の城〈呉越春秋〉五
宮城谷昌光　湖底の城〈呉越春秋〉六
宮城谷昌光　湖底の城七
水木しげる　コミック昭和史1〈関東大震災～満州事変〉
水木しげる　コミック昭和史2〈満州事変～日中全面戦争〉
水木しげる　コミック昭和史3〈日中全面戦争～太平洋戦争開始〉
水木しげる　コミック昭和史4〈太平洋戦争前半〉
水木しげる　コミック昭和史5〈太平洋戦争後半〉
水木しげる　コミック昭和史6〈終戦から朝鮮戦争〉
水木しげる　コミック昭和史7〈講和から復興〉
水木しげる　コミック昭和史8〈高度成長以降〉

水木しげる　総員玉砕せよ！
水木しげる　敗走記
水木しげる　白い旗
水木しげる　姑娘
水木しげる　決定版　日本妖怪大全〈妖怪・あの世・神様〉
水木しげる　ほんまにオレはアホやろか
宮部みゆき　ステップファザー・ステップ
宮部みゆき　新装版　震える岩〈霊験お初捕物控〉
宮部みゆき　新装版　天狗風〈霊験お初捕物控〉
宮部みゆき　ICO―霧の城―(上)(下)
宮部みゆき　ぼんくら(上)(下)
宮部みゆき　新装版　日暮らし(上)(下)
宮部みゆき　おまえさん(上)(下)
宮部みゆき　小暮写眞館(上)(下)
宮子あずさ　看護婦が見つめた人間が死ぬということ
宮子あずさ　看護婦が見つめた人間が病むということ
宮子あずさ　ナースコール
宮本昌孝　家康、死す(上)(下)
三津田信三　忌館〈ホラー作家の棲む家〉

三津田信三　作者不詳〈ミステリ作家の読む本〉(上)(下)
三津田信三　蛇棺葬
三津田信三　百蛇堂〈怪談作家の語る話〉
三津田信三　厭魅の如き憑くもの
三津田信三　凶鳥の如き忌むもの
三津田信三　首無の如き祟るもの
三津田信三　山魔の如き嗤うもの
三津田信三　水魑の如き沈むもの
三津田信三　密室の如き籠るもの
三津田信三　生霊の如き重るもの
三津田信三　幽女の如き怨むもの
三津田信三　シェルター　終末の殺人
三津田信三　ついてくるもの
三津田信三　誰かの家
三輪太郎　あなたの正しさと、ぼくのセツナさ
三輪太郎　死という鏡〈この30年の日本文芸を読む〉
宮田珠己　ふしぎ盆栽ホンノンボ
道尾秀介　カラスの親指〈by rule of CROW's thumb〉
道尾秀介　水の柩

深木章子　鬼畜の家
深木章子　衣更月家の一族
深木章子　螺旋の底
深志美由紀　美食の報酬
三木笙子　百年の記憶〈哀しみを刻む石〉
湊かなえ　リバース
宮内悠介　彼女がエスパーだったころ
宮乃崎桜子　綺羅の皇女(1)
宮乃崎桜子　綺羅の皇女(2)
村上　龍　海の向こうで戦争が始まる
村上　龍　走れ！タカハシ
村上　龍　愛と幻想のファシズム(上)(下)
村上　龍　超電導ナイトクラブ
村上　龍　イビサ
村上　龍　音楽の海岸
村上　龍　村上龍料理小説集
村上　龍　村上龍映画小説集
村上　龍　ストレンジ・デイズ
村上　龍　共生虫

村上　龍　新装版 限りなく透明に近いブルー
村上　龍　新装版 コインロッカー・ベイビーズ
村上　龍　歌うクジラ(上)(下)
向田邦子　新装版 眠る盃
向田邦子　新装版 夜中の薔薇
村上春樹　風の歌を聴け
村上春樹　1973年のピンボール
村上春樹　羊をめぐる冒険(上)(下)
村上春樹　カンガルー日和
村上春樹　回転木馬のデッド・ヒート
村上春樹　ノルウェイの森(上)(下)
村上春樹　ダンス・ダンス・ダンス(上)(下)
村上春樹　遠い太鼓
村上春樹　国境の南、太陽の西
村上春樹　やがて哀しき外国語
村上春樹　アンダーグラウンド
村上春樹　スプートニクの恋人
村上春樹　アフターダーク
村上春樹 佐々木マキ絵　羊男のクリスマス

村上春樹 佐々木マキ絵　ふしぎな図書館
村上春樹 糸井重里　夢で会いましょう
村上春樹・文 安西水丸・絵　ふわふわ
U・K・ル＝グウィン 村上春樹訳　空飛び猫
U・K・ル＝グウィン 村上春樹訳　帰ってきた空飛び猫
U・K・ル＝グウィン 村上春樹訳　素晴らしいアレキサンダーと、空飛び猫たち
U・K・ル＝グウィン 村上春樹訳　空を駆けるジェーン
T・ファリッシュ著 B・ルート絵 村上春樹訳　ポテト・スープが大好きな猫
群ようこ　濃い人々〈いとしの作中人物たち〉
群ようこ　いいわけ劇場
群ようこ　浮世道場
群ようこ　馬琴の嫁
村山由佳　すべての雲は銀の…(上)(下)
村山由佳　永遠。
村山由佳　天翔る
室井　滋　うまうまノート
室井　滋　気になる飯〈うまうまノート②〉
睦月影郎　平成好色一代男 和装セレブ妻の香り
睦月影郎　新・平成好色一代男 元部下のOL

睦月影郎　新・平成好色一代男　隣人と。女子アナと。
睦月影郎　帰ってきた平成好色一代男　一の巻
睦月影郎　平成好色一代男　占女楽天編
睦月影郎　帰ってきた平成好色一代男　完結編
睦月影郎　武家娘〈明暦江戸隠密控〉
睦月影郎　密通妻
睦月影郎　姫遊道
睦月影郎　肌褥
睦月影郎　影舞
睦月影郎　傀儡舞
睦月影郎　とろり蜜姫・掛け乞い〈睦月影郎傑作選〉
睦月影郎　卒業一九七四年
睦月影郎　初夏一九七四年
睦月影郎　快楽のグルメ
睦月影郎　快楽のリベンジ
睦月影郎　快楽ハラスメント
向井万起男　渡る世間は「数字」だらけ
向井万起男　謎の1セント硬貨〈真実は細部に宿る in USA〉
村田沙耶香　授乳
村田沙耶香　マウス
村田沙耶香　星が吸う水
村田沙耶香　殺人出産
村瀬秀信　気がつけばチェーン店ばかりでメシを食べている
室積光　ツボ押しの達人
室積光　ツボ押しの達人　下山編
森村誠一　悪道
森村誠一　悪道　西国謀反
森村誠一　悪道　御三家の刺客
森村誠一　悪道　五右衛門の復讐
森村誠一　ミッドウェイ
森村誠一　棟居刑事の復讐
森村誠一　日蝕の断層
森村誠一　ねこの証明
森詠　吉原首代　左助始末帳
毛利恒之　月光の夏
森博嗣　すべてがFになる〈THE PERFECT INSIDER〉
森博嗣　冷たい密室と博士たち〈DOCTORS IN ISOLATED ROOM〉
森博嗣　笑わない数学者〈MATHEMATICAL GOODBYE〉
森博嗣　詩的私的ジャック〈JACK THE POETICAL PRIVATE〉
森博嗣　封印再度〈WHO INSIDE〉
森博嗣　幻惑の死と使途〈ILLUSION ACTS LIKE MAGIC〉
森博嗣　夏のレプリカ〈REPLACEABLE SUMMER〉
森博嗣　今はもうない〈SWITCH BACK〉
森博嗣　数奇にして模型〈NUMERICAL MODELS〉
森博嗣　有限と微小のパン〈THE PERFECT OUTSIDER〉
森博嗣　黒猫の三角〈Delta in the Darkness〉
森博嗣　人形式モナリザ〈Shape of Things Human〉
森博嗣　月は幽咽のデバイス〈The Sound Walks When the Moon Talks〉
森博嗣　夢・出逢い・魔性〈You May Die in My Show〉
森博嗣　魔剣天翔〈Cockpit on knife Edge〉
森博嗣　恋恋蓮歩の演習〈A Sea of Deceits〉
森博嗣　六人の超音波科学者〈Six Supersonic Scientists〉
森博嗣　捩れ屋敷の利鈍〈The Riddle in Torsional Nest〉
森博嗣　朽ちる散る落ちる〈Rot off and Drop away〉
森博嗣　赤緑黒白〈Red Green Black and White〉
森博嗣　四季　春～冬
森博嗣　φは壊れたね〈PATH CONNECTED φ BROKE〉

講談社文庫 目録

森 博嗣　θ(シータ)は遊んでくれたよ 〈ANOTHER PLAYMATE θ〉
森 博嗣　τ(タウ)になるまで待って 〈PLEASE STAY UNTIL τ〉
森 博嗣　ε(イプシロン)に誓って 〈SWEARING ON SOLEMN ε〉
森 博嗣　λ(ラムダ)に歯がない 〈λ HAS NO TEETH〉
森 博嗣　η(イータ)なのに夢のよう 〈DREAMILY IN SPITE OF η〉
森 博嗣　目薬α(アルファ)で殺菌します 〈DISINFECTANT α FOR THE EYES〉
森 博嗣　ジグβ(ベータ)は神ですか 〈JIG β KNOWS HEAVEN〉
森 博嗣　キウイγ(ガンマ)は時計仕掛け 〈KIWI γ IN CLOCKWORK〉
森 博嗣　イナイ×イナイ 〈PEEKABOO〉
森 博嗣　キラレ×キラレ 〈CUTTHROAT〉
森 博嗣　タカイ×タカイ 〈CRUCIFIXION〉
森 博嗣　ムカシ×ムカシ 〈REMINISCENCE〉
森 博嗣　サイタ×サイタ 〈EXPLOSIVE〉
森 博嗣　女王の百年密室 〈GOD SAVE THE QUEEN〉
森 博嗣　迷宮百年の睡魔 〈LABYRINTH IN ARM OF MORPHEUS〉
森 博嗣　赤目姫の潮解 〈LADY SCARLET EYES AND HER DELIQUESCENCE〉
森 博嗣　まどろみ消去 〈MISSING UNDER THE MISTLETOE〉
森 博嗣　地球儀のスライス 〈A SLICE OF TERRESTRIAL GLOBE〉
森 博嗣　今夜はパラシュート博物館へ 〈THE LAST DIVE TO PARACHUTE MUSEUM〉

森 博嗣　虚空の逆マトリクス 〈INVERSE OF VOID MATRIX〉
森 博嗣　レタス・フライ 〈Lettuce Fry〉
森 博嗣　僕は秋子に借りがある I'm in Debt to Akiko 〈森博嗣自選短編集〉
森 博嗣　どちらかが魔女 Which is the Witch? 〈森博嗣シリーズ短編集〉
森 博嗣　探偵伯爵と僕 〈His name is Earl〉
森 博嗣　銀河不動産の超越 〈Transcendence of Ginga Estate Agency〉
森 博嗣　喜嶋先生の静かな世界 〈The Silent World of Dr. Kishima〉
森 博嗣　そして二人だけになった 〈Until Death Do Us Part〉
森 博嗣　実験的経験 〈Experimental experience〉
森 博嗣　つぶやきのクリーム 〈The cream of the notes〉
森 博嗣　つぼやきのテリーヌ 〈The cream of the notes 2〉
森 博嗣　つぼねのカトリーヌ 〈The cream of the notes 3〉
森 博嗣　ツンドラモンスーン 〈The cream of the notes 4〉
森 博嗣　つぼみ茸(きのこ)ムース 〈The cream of the notes 5〉
森 博嗣　つぶさにミルフィーユ 〈The cream of the notes 6〉
森 博嗣　月夜のサラサーテ 〈The cream of the notes 7〉
森 博嗣　森博嗣のミステリィ工作室
森 博嗣　100人の森博嗣 〈100 MORI Hiroshies〉
森 博嗣　アイソパラメトリック

森 博嗣　悠悠おもちゃライフ
森 博嗣　君の夢 僕の思考 〈You will dream while I think〉
森 博嗣　議論の余地しかない 〈A Space under Discussion〉
森 博嗣　的を射る言葉 〈Gathering the Pointed Wits〉
森 博嗣　森博嗣の半熟セミナ 博士、質問があります!
森 博嗣　DOG&DOLL
森 博嗣　TRUCK&TROLL
森 博嗣 ささきすばる絵　悪戯王子と猫の物語
森博嗣 土屋賢二　人間は考えるFになる
諸田玲子　鬼あざみ
諸田玲子　笠雲(かさぐも)
諸田玲子　からくり乱れ蝶
諸田玲子　其(そ)の一日(いちにち)
諸田玲子　末世炎上
諸田玲子　昔日(せきじつ)より
諸田玲子　日月(にちげつ)めぐる
諸田玲子　天女湯おれん 春色恋ぐるい
森 達也　「自分の子どもが殺されても同じことが言えるのか」と叫ぶ人に訊きたい
森 達也　すべての戦争は自衛から始まる

本谷有希子 腑抜けども、悲しみの愛を見せろ
本谷有希子 江利子と絶対 〈本谷有希子文学大全集〉
本谷有希子 あの子の考えることは変
本谷有希子 嵐のピクニック
本谷有希子 自分を好きになる方法
本谷有希子 異類婚姻譚
茂木健一郎 「赤毛のアン」に学ぶ幸福になる方法
茂木健一郎 セレンディピティの時代 〈偶然の幸運に出会う方法〉
茂木健一郎 漱石に学ぶ心の平安を得る方法
茂木健一郎 東京藝大物語
茂木健一郎 with ダイアログ・イン・ザ・ダーク まっくらな中での対話
森川智喜 キャットフード
森川智喜 スノーホワイト
森川智喜 踊る人形
森川智喜 一つ屋根の下の探偵たち
森 繁和 参謀
森 晶麿 ホテルモーリスの危険なおもてなし
森 晶麿 恋路ヶ島サービスエリアとその夜の獣たち
森 晶麿 M博士の比類なき実験

森林原人 セックス幸福論 〈偏差値78のAV男優が考える〉
山岡荘八 新装版 小説太平洋戦争 全6巻
山田風太郎 甲賀忍法帖 〈山田風太郎忍法帖①〉
山田風太郎 伊賀忍法帖 〈山田風太郎忍法帖③〉
山田風太郎 忍法八犬伝 〈山田風太郎忍法帖④〉
山田風太郎 魔界転生 (上)(下) 〈山田風太郎忍法帖⑥⑦〉
山田風太郎 風来忍法帖 〈山田風太郎忍法帖⑪〉
山田風太郎 新装版戦中派不戦日記
山田詠美 晩年の子供
山田詠美 熱血ポンちゃんが来りて笛を吹く
山田詠美 日はまた熱血ポンちゃん
山田詠美 A2Z
山田詠美 ジェントルマン
山田詠美 珠玉の短編
山田詠美 ピーコ ファッション ファッショ
山田詠美 ピーコ ファッション ファッショ 〈マインド編〉
山田詠美 高橋源一郎 顰蹙文学カフェ
柳家小三治 ま・く・ら
柳家小三治 もひとつ ま・く・ら

柳家小三治 バ・イ・ク
山口雅也 垂里冴子のお見合いと推理
山口雅也 続・垂里冴子のお見合いと推理
山口雅也 垂里冴子のお見合いと推理 vol.3
山口雅也 PLAYプレイ
山口雅也 モンスターズ
山口雅也 古城駅の奥の奥
山本一力 深川黄表紙掛取り帖
山本一力 牡丹酒 〈深川黄表紙掛取り帖(二)〉
山本一力 ワシントンハイツの旋風
山本一力 ジョン・マン1 波濤編
山本一力 ジョン・マン2 大洋編
山本一力 ジョン・マン3 望郷編
山本一力 ジョン・マン4 青雲編
椰月美智子 十二歳
椰月美智子 しずかな日々
椰月美智子 みきわめ検定
椰月美智子 ガミガミ女とスーダラ男
椰月美智子 市立第二中学校2年C組 〈10月19日月曜日〉

椰月美智子　恋愛小説
椰月美智子　メイクアップデイズ
柳　広司　ザビエルの首
柳　広司　キング&クイーン
柳　広司　怪談
柳　広司　ナイト&シャドウ
柳　広司　幻影城市
薬丸　岳　天使のナイフ
薬丸　岳　闇の底
薬丸　岳　虚夢
薬丸　岳　刑事のまなざし
薬丸　岳　逃走
薬丸　岳　ハードラック
薬丸　岳　その鏡は嘘をつく
薬丸　岳　刑事の約束
薬丸　岳　Aではない君と
薬丸　岳　ガーディアン
矢野龍王　箱の中の天国と地獄
山崎ナオコーラ　論理と感性は相反しない

山崎ナオコーラ　昼田とハッコウ(上)(下)
山崎ナオコーラ　可愛い世の中
山田芳裕　へうげもの　一服
山田芳裕　へうげもの　二服
山田芳裕　へうげもの　三服
山田芳裕　へうげもの　四服
山田芳裕　へうげもの　五服
山田芳裕　へうげもの　六服
山田芳裕　へうげもの　七服
山田芳裕　へうげもの　八服
山田芳裕　へうげもの　九服
山田芳裕　へうげもの　十服
山田芳裕　へうげもの　十一服
山田芳裕　へうげもの　十二服
柳内たくみ　戦国スナイパー〈謀略・本能寺篇〉
柳内たくみ　戦国スナイパー〈信玄暗殺指令篇〉
柳内たくみ　戦国スナイパー〈慶一郎絶体絶命篇〉
柳内たくみ　戦国スナイパー〈壊れた歴史を修復せよ篇〉
山本文緒・文　伊藤理佐・漫画　ひとり上手な結婚

矢月秀作　ACT〈警視庁特別潜入捜査班〉
矢月秀作　ACT2　告発者〈警視庁特別潜入捜査班〉
矢月秀作　ACT3　掠奪〈警視庁特別潜入捜査班〉
矢野　隆　清正を破った男
山本　弘　僕の光輝く世界
山内マリコ　かわいい結婚
山本周五郎　さぶ〈山本周五郎コレクション〉
山本周五郎　白石城死守〈山本周五郎コレクション〉
山本周五郎　完全版　日本婦道記(上)(下)〈山本周五郎コレクション〉
山本周五郎　戦国武士道物語　死処〈山本周五郎コレクション〉
山本周五郎　戦国物語　信長と家康〈山本周五郎コレクション〉
山本周五郎　幕末物語　失蝶記〈山本周五郎コレクション〉
柳田理科雄　スター・ウォーズ　空想科学読本
矢野　隆　我が名は秀秋
夢枕　獏　大江戸釣客伝(上)(下)
柳　美里　家族シネマ
唯川　恵　雨心中
由良秀之　司法記者
行成　薫　ヒーローの選択

吉村 昭　私の好きな悪い癖
吉村 昭　吉村昭の平家物語
吉村 昭　暁の旅人
吉村 昭　新装版 白い航跡(上)(下)
吉村 昭　新装版 海も暮れきる
吉村 昭　新装版 間宮林蔵
吉村 昭　新装版 赤い人
吉村 昭　新装版 落日の宴(上)(下)
吉村 昭　白い遠景
吉田ルイ子　ハーレムの熱い日々
吉川英明　新装版 父 吉川英治
吉村葉子　お金がなくても平気なフランス人 お金があっても不安な日本人
米原万里　ロシアは今日も荒れ模様
横山秀夫　半落ち
横山秀夫　出口のない海
吉田戦車　吉田電車
吉田戦車　なめこインサマー
吉田戦車　吉田観覧車
吉田修一　日曜日たち

吉田修一　ランドマーク
吉本隆明　真贋
吉本隆明　フランシス子へ
横関 大　再会
横関 大　グッバイ・ヒーロー
横関 大　チェインギャングは忘れない
横関 大　沈黙のエール
横関 大　ルパンの娘
横関 大　スマイルメイカー
横関 大　K〈池袋署刑事課 神崎・黒木〉2
有限会社養老研究所 写真・関 由香　まる文庫
吉川永青　誉れの赤
吉川永青　裏関ヶ原
好村兼一　兜割源三郎〈玄治店密命始末〉
吉村龍一　光る牙
吉村龍一　隠された牙〈森林保護官 樋口孝也の事件簿〉
吉田伸弥　天皇への道
吉川トリコ　ぶらりぶらこの恋
吉川トリコ　ミドリのミ

吉川英梨　波動〈新東京水上警察〉
吉川英梨　烈渦〈新東京水上警察〉
吉川英梨　朽(く)海(かい)の城〈新東京水上警察〉
吉川英梨　海底の道化師〈新東京水上警察〉
薬丸岳／竹吉優輔／高野文緒／横関大／遠藤武文／翔田寛　デッド・オア・アライヴ
ラズウェル細木　う 松の巻
ラズウェル細木　う 竹の巻
ラズウェル細木　う 梅の巻
隆 慶一郎　花と火の帝(上)(下)
隆 慶一郎　時代小説の愉しみ
隆 慶一郎　新装版 柳生非情剣
隆 慶一郎　新装版 柳生刺客状
隆 慶一郎　新装版 捨て童子・松平忠輝(上)(中)(下)〈レジェンド歴史時代小説〉
隆 慶一郎　見知らぬ海へ
梨 沙　華(はな)鬼(おに)
梨 沙　華鬼 2
梨 沙　華鬼 3
梨 沙　華鬼 4
連城三紀彦　女王(上)(下)

2019年3月15日現在